娘じゃなくて私《ママ》が好きなの!?
望 公太
nozomi kota
イラスト／ぎうにう
giuniu
5

contents

デザイン●伸童舎

娘じゃなくて私《ママ》が好きなの!?

Musume janakute Mama ga sukinano!?

望 公太
nozomi kota
イラスト/ぎうにう
giuniu

プロローグ

♠

今更言うまでもないことかもしれないが、俺は——左沢巧《あてらざわたくみ》は、十歳の頃から一人の女性に片想《かたおも》いをしていた。

隣に住む幼馴染《おさななじ》み——の、お母さん。

姉夫婦の娘を引き取って育てる彼女に、ずっと想《おも》いを寄せ続けてきた。

普通——ではないのだろう、たぶん。

客観的にそう思う。

俺のような恋をしている男は、相当珍しいはずだ。

十歳からずっと——すなわち十代の全ての期間、俺はひたすらに彼女だけを想《おも》いながら日々を過ごしてきた。

中学でも、高校でも。

思春期のど真ん中にいるクラスメイト達が同学年の女子や美人の先輩についてあれやこれやと話題にしているときも、俺が考えているのはただ一人、隣に住む彼女のことだけだった。

『大人になったら綾子《あやこ》さんに告白する』

十歳からその決意を胸に生きてきた俺は、他の女と付き合ったことはもちろん、他の女を好きになったことすらない。

脇目も振らず彼女だけを好きでい続けた。

よく言えば純愛。

悪く言えば……まあ、若干ストーカー気質だったことは否《いな》めないだろう、うん。

とにもかくにも。

綾子《あやこ》さんを想《おも》うがあまり——叶《かな》わぬ高望みの恋をしてしまったあまり、年齢＝彼女いない歴という、傍《はた》から見れば灰色の十代を送ってきた。

しかし。

しかし、だ。

浮ついた話が一つもなかったかと言えば……そんなこともなかったりする。

もちろん、神に誓って、天地神明に誓って、綾子《あやこ》さん以外の女に惚《ほ》れたことなどないし、他に彼女を作ったこともない。

ただ……後ろめたいことが一つもないと言えば、嘘《うそ》になるかもしれない。

高校時代。

恋人なんていたことがない。

でも、それに近い存在ならば、実はいたことがある——

「左沢《あてらざわ》くんはさ」

高校二年生の放課後だった。

夕暮れに染まる、駅へと向かう道。

校門を出てからしばらく沈黙が続いた後で、隣を歩く彼女が口を開いた。

かすかに緊張が滲《にじ》む声だった。

沈黙が気まずかったのか、それとも俺に気を遣って話をふってくれたのか。

「こんな風に……誰かと二人きりで下校したことってある？」

「いや」

俺は小さく首を振った。

「今日が初めてだよ」

「そっか……。私も、初めてなんだ、男子と一緒に帰るのって」

制服姿の彼女は照れ臭そうに顔を赤らめる。

「大人数で帰ったりとかはあったんだけど、二人きりっていうのはなくて。あはは、なんか緊張しちゃうよね」

「意外だな。愛宕《おだき》、結構モテそうなのに」

「えー？　全然モテないよ、私なんて」

「モテる奴《やつ》は大体そう言うんだよ」

「じゃあモテない人はどう言うの？」

「……まあ、全然モテないって言うだろうな」

「あはは。一緒じゃん」

目を細めて楽しげに笑う。

向こうも、そして俺の方も、少し緊張が解けた気がした。

愛宕有紗《おだきありさ》。

クラスの女子、である。

肩より少し長い艶《つや》やかな髪と、ぱっちりとした目。顔にはいつも笑顔が浮かんでいて、明るく華やかな雰囲気を持っている。

性格は比較的フレンドリーな感じで、クラスでは男女問わずに誰とでも仲良くしていたように思う。同じ学年の男子からの人気も高かった。

しかしそれでいて——どこか一線を引いている空気もある。

誰とでも仲はいいけれど、誰にも一定距離以上は踏み込ませないようにしているような、独特のオーラがある。

俺とは二年時にクラスが一緒になったが、だからと言って特に親しいわけではない。用事があれば最低限会話をするような、その程度の関係だったように思う。

単なるクラスメイトであって、それ以上でもそれ以下でもなかった。

あんな話を持ちかけられるまでは——

「ねえ。そういえばさ、呼び方ってどうする？」

「呼び方？」

「名前の呼び方」

愛宕有紗《おだきありさ》は言う。

「『左沢《あてらざわ》くん』ってなんか呼びにくいからさ、名前で呼んでもいい？」

「好きにしてくれ」

「うわー、興味なさそう。言っとくけど……きみもだからね。私が名前で呼ぶんだから、きみもちゃんと私のこと、名前で呼んでよね」

「なんで俺が……」

「そういうもんでしょ」

「……嫌だ」

「なんで？」

「なんでも」

突っぱねるように言った。

今となってはやや恥ずかしい限りなのだけれど、当時の俺はなんというのか……必要以上に女子とは仲良くしないようにしている部分があった。

そんなことをすれば——不誠実だと思ったから。

綾子《あやこ》さんという心に決めた人がいながら、他の女に現《うつつ》を抜かすような男にはなりたくないと思ったから。

だから、クラスの女子を親しげに下の名前で呼ぶようなことは、なんとなく避けていた。

……まあ、冷静に考えれば大変気持ち悪いスタンスだったと思うけど。

一人で勝手に女断ちしてるわけだからな。

自己満足にもほどがある。

「なんだっていいだろ、呼び方なんて」

「なんだっていいなら呼べばいいのに……。ふーん。なんだかなあ、そうやってムキになる方が逆に怪しいよね」

彼女は悪戯《いたずら》っぽい笑みを浮かべる。

「あれあれ？　実は私のこと、結構意識してたりする？　仏頂面《ぶっちょうづら》だけど、内心じゃドキドキだったりする？」

「……っ」

少し動揺してしまう。

別に──意識したわけじゃない。

ただ、からかわれたことが癪《しゃく》だったのだ。

当時の俺は今よりもさらに子供で、女子のからかいを軽く受け流せるほどの余裕も度量もな

かった。だから少しムキになってしまった俺は、

「――有紗《ありさ》」

と彼女の名を呼んだ。

「……っ」

わかりやすく動揺する愛宕有紗《おだきありさ》。

歩みを止め、夕暮れに染まっていた顔をさらに赤くしてしまう。

「……照れるなよ。そっちが呼べって言ったんだろ」

「て、照れてないしっ！　いきなりだから驚いただけっ！」

ムキになって叫んだ後、軽く咳払《せきばら》いをしてから、

「じゃあ……次は私の番ね」

と続けた。

緊張しつつもそれを悟られまいと必死に隠しているような顔で、まっすぐ俺の方を見つめながら言う。

「た、巧《たくみ》くん……」

「……おう」

どう反応したらいいかわからず、適当な返事をしてしまう。

しばらく気まずい沈黙があった。

「……あ、あはは。やっぱりなんか変な感じだね。今まであんまり話したこともなかったのに、急に名前で呼び合うなんてさ」

誤魔化すように笑った後、こちらに背を向けて歩き出す。

「巧《たくみ》くん、巧《たくみ》くん……うーん。頑張って慣れてかないとなあ」

だって。

と振り返って彼女は言う。

恥ずかしそうに、でも少し嬉《うれ》しそうに。

「今日から巧《たくみ》くんが、私の彼氏になるんだから」

愛宕有紗《おだきありさ》。

高校時代のクラスメイト。

そして。

高二の一時期——

俺には、彼女の『彼氏』と呼ばれている時期があった。

第一章
同棲と事情

♥

私、歌枕綾子《かつらぎあやこ》、三ピー歳。

事故で亡《な》くなった姉夫婦の子供を引き取ってから、早十年。

将来は娘がお隣のタッくんと結婚したら嬉《うれ》しいなあ、なんて思いながら日々を過ごしていたら——ある日突然、その彼から告白されてしまう。

娘じゃなくて私が好きだ、と。

驚天動地。

びっくり仰天。

おどろ木ももの木さんしょの木。

……あれ？　古い？　若い子にはこのネタ伝わらない⁉　昭和生まれが滲《にじ》み出《で》ちゃってる⁉

わわっ。なしなし、今のなし！

閑話休題。休題ったら休題。

とにかく——彼の告白から私達の関係は一変した。

激変した。

もう単なるご近所さんではいられない。

その後、一言では語り尽くせぬような様々なイベントを経験していき——私はようやく自分の気持ちに気づいた。

好き。

タッくんのことが大好き。

息子や弟みたいな存在としてじゃなくて、異性として好き。

一旦気持ちを認めてしまうと後はとてもスムーズに……なんてことはなく、まあ最後にいろいろとグダグダしてしまったわけだけれど——でも。

タッくんの告白から、早三ヶ月。

私は彼と交際することとなった。


三ピー歳にして、なんと人生初彼氏。

嬉《うれ》しいやら恥ずかしいやらで、もうどうしたらいいかわからない。

舞い上がらずにはいられない。

付き合えただけでこんなにも幸せなら、交際が始まったらいったいどうなっちゃうの……⁉

緊張と興奮で胸を高鳴らせる私だったけれど——しかし私達の交際は、いきなり大きな障害にぶつかることとなる。

『来月から――東京で仕事をしてみないかい？』

上司である狼森《おいのもり》さんから、そんな提案をされた。

私が担当している作品のアニメ化に、三ヶ月だけ東京に住んで全力で関わってみないかという、一つの提案。

業務命令じゃないから、断ることもできた。

でも――私はその話を引き受けた。

編集者としてスキルアップするためのチャンスだと思ったし、なにより私自身、自分が一から立ち上げた作品のアニメ化を、きちんと見届けたかった。

しかし東京に住むとなれば――タッくんとは離ればなれになってしまう。

たった三ヶ月とは言え、付き合っていきなり遠距離恋愛なんて。

一番楽しい時期に一緒にいられないなんて！

後ろ髪を引かれる思いはあったけれど――でもタッくんはそんな私の背中を押してくれた。

私の夢と決意を、心から応援してくれた。

快く送り出してくれた。

歌枕綾子《かつらぎあやこ》。

左沢巧《あてらざわたくみ》。

私達二人の交際は、遠距離恋愛から幕を開ける……はずだったのに。

九月。

東京の、狼森《おいのもり》さんが用意してくれたマンション——その一室。

間取りは1LDK。

一人暮らしならば十分すぎる広さだろう。

東京でこれ以上を求めるのは贅沢《ぜいたく》というものだ。

殺風景な部屋で、家具はまだ最低限しかない。

この部屋は狼森《おいのもり》さん個人の所有物。知り合いに貸していたこともあるらしく、前の住人が使っていただろう、テレビや冷蔵庫などがそのまま置いてあった。自由に使っていいし、いらなければ捨ててもいいと言われている。

部屋の隅には私が持ってきたキャリーケース。

三ヶ月暮らすとなればそれなりの生活必需品がいるため、いろいろと持ってきた。他の荷物は後日宅配で届く予定となっている。

そして。

部屋には——もう一つのキャリーケースも置いてある。

いかにもメンズが使いそうな、黒を基調としたデザインのもの。

そう。

タッくんのものだ。

今――この部屋には彼がいる。

テーブルを挟み、私の向かいに座っている。

遠距離恋愛する予定だった愛《いと》しい愛《いと》しい彼氏が――なぜか今、私の目の前にいるのだ。

本日。

この部屋にやってきた私を出迎えたのは、タッくんだった。

三ヶ月離ればなれなんてやっぱり寂しいなあ、あーあ、このドアを開けたらタッくんが出てきたらいいのに――なんて妄想していたら、本当に出てきちゃった。

嘘《うそ》っ！

彼に会いたすぎて幻覚が⁉

それとも――神様が私のお願いを叶《かな》えてくれたの⁉

とか。

一瞬でいろいろ考えたけれど……たぶん全部間違っている。

そこにいたタッくんは幻覚じゃなく実物で、そして神様が私のお願いを叶《かな》えてくれたわけでもない。

神様っていうか……たぶん邪神みたいな人の力が働いている気がする。

ついさっき。

部屋の中から出てきて私を出迎えた彼は、こんなことを言っていた。

——今日まで黙ってて、本当にすみません……でも、言いたくても言えなかったんです。綾《あや》子《こ》さんには内緒っていうのが……狼森《おいのもり》さんから出された条件だったから。

——えっと。なにから説明したらいいのか。その……結論から言うと。

——今日から俺も、ここに一緒に住みます。

「イ、インターンシップ？」

一通りの話を聞き終えた私は、思わず素《す》っ頓狂《とんきょう》な声を上げてしまう。

タッくんは力なく、申し訳なさそうに、

「……はい」

と頷《うなず》いた。

「つまりタッくんは……これから東京で、インターンで働くってことなの？」

「……その予定です」

呆気《あっけ》に取《と》られてしまう。

インターンシップ。

非常にざっくりと説明すれば、企業の組織内で一時的に働く制度のこと。

国によって定義が様々だけれど——日本の場合は、大学生がお試しで就労体験をすることを指すことが多い。

就職活動の一環として、一定期間に企業で働く制度。

それがインターンシップである。

うわー、懐《なつ》かしいなあ。

私も大学生のとき、やるかやらないか迷ったっけ。やりたい気持ちはあったんだけど……結局面倒臭くなってやらなかったのよねー。

「前々から、三年になったらインターンに行きたいっては考えていたんです」

タッくんはポツポツと語り出す。

「本格的な就職活動が始まる前に、社会経験としてインターンはやっておきたいと思って。お試しで働くなんて、大学のうちにしかできないですから。それで三年になってから、あちこち探してみたりはしたんですけど」

「さ、さすがタッくんね……」

意識が高い。

意識高い系じゃなくてちゃんと意識が高い。

面倒になってやらなかった私とは大違い。

「いや、全然大したことないですよ。ほんと、漠然とした気持ちで探してただけですから」

謙遜気味に言うタッくん。

「でも……地元だとなかなか条件が合うところが見つからなくて。それで……狼森《おいのもり》さんに相談してみたんです」

「…………」

聞いた話によると――

前々からタッくんと狼森《おいのもり》さんは、ちょくちょく連絡を取っていたらしい。

連絡先を交換したタイミングは、夏休み前、狼森《おいのもり》さんが私の家にやってきたとき。

三人でお寿司《すし》を食べて、その後私が挑発に乗って美羽《みう》の制服を――いや、そこは思い出さなくていいかもしれない。永久に記憶を封印しておこう。

とにかく。

それ以来二人は、定期的にメールや電話をしていたそうだ。

最初は狼森《おいのもり》さんの方からからかわれ気味に私との関係をイジられるだけだったらしいけれど――段々とタッくんの将来や進路についても話すようになったらしい。

……隠れてコソコソ女性と連絡を取ってたことについて、もしかしたら私は彼女として嫉妬を燃やすのが普通なのかもしれないけど、正直、そんな気持ちは全く湧かない。

付き合う前の話で……なにより、相手が狼森《おいのもり》さんだから。

おそらくあっちが強引に連絡を取ってきたんだろうし……それに、進路の相談をしたというのも納得できる。

たとえるなら——大学生のOB訪問みたいなものだろう。

狼森夢美《おいのもりゆめみ》は、その手の意見を伺う相手としては打ってつけだろう。

一流の出版社で実績を残してから退社し、自分の会社を起業。敏腕経営者として今もなお第一線で活躍し続ける女傑。

彼女の体験談や仕事観は、とても勉強になるものだと思う。なんなら、大学生向けの講演会とかも結構やってるしね。

私も一人の社会人としては、すごく尊敬している。

一人の人間としては……まるで尊敬しないけど。

「こっちとしては完全にダメ元で、相談っていうよりも愚痴みたいなつもりだったんですけど……そしたら狼森《おいのもり》さんが、あっという間にインターン先を見つけてくれたんです」

「おお……」

相変わらずの超人ムーブだった。

「狼森《おいのもり》さんの知人が経営してる会社なんですけど、ちょうど今年からインターン始めたところがあったらしくて。でも、その条件が……」

「ま、まさか——」

私は予想を口にする。

「その条件が私と……い、一緒に住むことだったってこと？」

「……はい」

申し訳なさそうに頷《うなず》く。

「インターンの話をしたとき、狼森《おいのもり》さんが、綾子《あやこ》さんの単身赴任について考えてることも聞いて……それで、俺と綾子《あやこ》さんが一緒に住んでみてはどうかって提案されて」

どうやらタッくんは、私の東京への単身赴任について、私よりも先に耳にしていたらしい。

結構前から、私の知らないところで陰謀が渦巻いていたようだ。

「もちろん最初は断りましたよ！　そのときはまだ付き合ってもいなかったし、綾子《あやこ》さんの意見も聞かずに勝手に同棲《どうせい》決めるなんて絶対にダメだと思いましたからっ。でも……」

早口で語るも、段々と声が小さくなっていく。

「やっぱり、三ヶ月とは言え、綾子《あやこ》さんと離ればなれになるのは寂しくて」

「タッくん……」

「あと狼森《おいのもり》さんが——もし断ったら、東京に住み始めた綾子《あやこ》さんを……ホストやボーイズバーに連れて行きまくるって」

「そんなこと言ってきたの⁉」

なにそれ⁉

なんて脅し文句を使ってるの⁉

「……も、も〜っ。あの人、相変わらずムチャクチャなんだから！　タッくんもタッくんよ。私がそんなところ行くわけないでしょ？」

「それはそうなんですけど……ま、万が一のことがあったらどうしようって思ってしまって。狼森《おいのもり》さんも『彼女みたいな純情で潔癖なタイプほど、一度ハマるとどっぷりハマるんだよ』とか、どんどん不安を煽《あお》るようなこと言ってくるから」

タッくんはまんまと口車に乗せられてしまったらしい。

狼森《おいのもり》さんの口車はすごいからなあ。

私も何度乗せられたことか。

「俺、すごく心配になっちゃって。もしも綾子《あやこ》さんがホストにハマって、借金まみれになって……いかがわしいお店で働かされたらどうしようって」

「どこまで妄想してるの⁉」

予想の三倍ぐらいディープで最悪な妄想をしている！

どんだけ不安を煽《あお》ったの、狼森《おいのもり》さん！

と。

そんな大騒ぎとなっているタイミングで、電話がかかってきた。

大事な話をしているところだったのでスルーしようかとも思ったけれど——相手が諸悪の根

源ともなれば話が変わる。

「……ちょっと失礼」

軽く断ってから、私は席を立った。

リビングの隣にある洋室に入り、引き戸をきっちり閉める。

そして電話に出ると、

『やあ、歌枕《かつらぎ》くん』

狼森《おいのもり》さんのすっごく楽しそうな声が耳に入ってきた。

ニヤニヤした笑顔が目に浮かぶよう。

この部屋に入る前にも軽く電話はしていたけれど……タイミングを見計らって再びかけてきたらしい。

私がちょうど一通りの驚きを済ませただろうタイミングを。

『ふふっ。どうだい？　私のサプライズは喜んでもらえたかな？』

「……おかげさまで」

『ははは。それはなによりだ』

嫌みを言ってみるも、まるで通じていない様子だった。

「……とんでもないことをしてくれましたね。私だけじゃなくてタッくんまで巻き込んで……

私達はあなたのオモチャじゃないんですよ」

『人聞きが悪いなあ。感謝されこそすれ、恨まれる覚えはないよ』

飄々《ひょうひょう》とした口調で告げる。

『歌枕《かつらぎ》くんは東京でやりたかった仕事ができる。左沢《あてらざわ》くんはやりたかったインターンシップができる。そしてきみ達カップルは付き合って早々遠距離恋愛という悲劇を回避できる。私は私で悪巧み……じゃなくてサプライズが成功してとても楽しい。誰も損をしてない最高の結果だと思うがね』

「それは……」

言いくるめられそうになってしまう。

あ、危ない……！

一瞬『確かに誰も損はしてないかも』と思ってしまった……！

『そもそも、その部屋は私のものだ。きみ達カップルは一円も払わずに都会のマンションで同棲《どうせい》生活を楽しめるわけだよ？　もう少し恩を感じてもらってもいいと思うけどねえ』

「……お、恩を感じてないわけじゃないですけど……でもっ、だからってなんでもかんでも勝手にやっていいわけじゃないですっ」

『まあ、確かに今回ばかりは少々やりすぎたかもしれないと反省はしているけれど……』

必死に訴えると、狼森《おいのもり》さんは少し声のトーンを落とした。

『でもわかってほしい。私だって悪気は……まあ、なかったとは言わないが、悪気百パーセントだったわけじゃない。きみ達二人の関係を思いやる気持ちだって、少しはあったつもりさ』

「…………」

『「きみおさ」のアニメ化の際、歌枕《かつらぎ》くんに一定期間東京に住んでもらうことは、前々から考えてはいた。どんな風にしたら一番面白──いや、きみのためになるかと頭をひねっていたところ……ちょうど左沢《あてらざわ》くんからインターンシップの相談を受けてね』

「……そこで、私達を一緒に住ませることを思いついたってわけですか？」

『その通り！』

ドヤ顔で言う狼森《おいのもり》さん。

電話だから見えないけど、絶対ドヤ顔してるのがわかる。

『不確定要素が多いから上手《うま》くいくかはわからなかったけど、いやー、結果的には大成功だったね。しかもきみ達はきみ達で、ちょうどいいタイミングで付き合い始めてくれるし』

「て、適当すぎるでしょう……！　もし私達が付き合ってなかったらどうするつもりだったんですか⁉」

同棲《どうせい》計画が始まったのはタッくんがインターンの相談をしたときから。

つまり──私達の交際が始まる前から計画が動いていたことになる。

私達が付き合ったのは、ほんの一週間前からなんだから。

「私達、恋人でもないのに一緒に住むことになってたんですよ！」

『それも一興だろう』

平然と言う狼森《おいのもり》さん。

『いつまでも友達以上恋人未満でグダグダしてるなら、無理やり同棲《どうせい》させてしまうのも一つの手だと思ってたよ。どうせ遅かれ早かれきみ達は交際していただろうから、遅いか早いかの問題でしかないだろう』

そりゃ傍《はた》から見てたら、『とっとと付き合えよ』以外の感想はなかったのかもしれないけれど……私達には私達なりのドラマがあったの！

「ひゃ、百歩譲って、同棲《どうせい》のことはもういいとします。確かに私達にもメリットがあることだったので。でも……だったら、どうして私に黙ってたんですか！」

結局、一番の怒りポイントはそこ。

なにもかもを私に無断で勝手に話を進めたこと。

「こんな大事な話なのに、私を除け者《もの》にして、タッくんまで巻き込んでコソコソ悪巧みして……悪趣味が過ぎます。私が、どんな思いで東京に来る決断したと思ってるんですか……」

『そこだよ』

ふと——狼森《おいのもり》さんは鋭い声で言った。

「そこ？」

『きみのその気持ちこそ、その決断こそ、私が求めていたものだ。私だってなにも、きみを驚かせるためだけにサプライズを用意したわけじゃないんだよ？』

「………」

『もしも前々からこの同棲《どうせい》の件を伝えていたら——東京に来れば左沢《あてらざわ》くんとの同棲《どうせい》生活が待っているとわかっていれば、歌枕《かつらぎ》くんはもっとあっさりと東京に来る決断ができたんじゃないのかい？』

「………」

それは——そうかもしれない。

今回の東京への単身赴任。

私にとっては、やりたい仕事ができるチャンス。

気がかりだったのは美羽《みう》のことと——そして、タッくんとのこと。

付き合ったばかりの彼と、遠距離恋愛になることが辛《つら》かった。

それでも——私は決断した。

やりたい仕事をしよう、と。

恋愛を理由に仕事を疎《おろそ》かにする女にはなるまい、と。

エンターテイメント事業に関わる人間として、全力を尽くしたかった——

『アニメというのは言うまでもなく大仕事だ。様々な業種を巻き込む一大プロジェクト。原作の担当編集が関わるとなれば、否応《いやおう》なくその中枢に据えられる。そんな大事な仕事を生半可な気持ちでやられては困るからね』

滔々《とうとう》と語る。

『彼氏との同棲《どうせい》に浮かれたような気分で東京に来て欲しくはなかった。断固たる決意が欲しかった。たとえば――愛《いと》しい彼氏と遠距離になってでもその仕事をやりたいと願うような……そういう、強く激しい決意が』

「……私のことを試したってわけですか」

『そうなるね。だが――信じていたよ』

今度は優しい声音となって、狼森《おいのもり》さんは言う。

『私が知っている歌枕綾子《かつらぎあやこ》は……どうしようもない恋愛初心者だけれど、男で仕事がダメになるような情けない女ではない、と』

「………」

『単身赴任を決意したときの気持ちさえあれば、彼氏との同棲《どうせい》という最高に浮かれるイベントの最中でも、仕事を疎《おろそ》かにすることはないだろう。歌枕《かつらぎ》くんは見事にこちらの信頼に応えてくれた。私は非常に満足だ。これから三ヶ月、バリバリ仕事して、バリバリ愛を育んで、充実した同棲《どうせい》生活を楽しんでくれたまえ』

言葉通りの本当に満足そうな声で、電話は締めくくられた。

私は頭を抱える。

うーん……。

なんていうのか、すっごくやるせない気持ち。

なんだかなあ。

結局、いいように言いくるめられちゃった気がするなあ。

まったく……ズルいんだから、狼森《おいのもり》さんは。

絶対に私を驚かせて遊びたかっただけのはずなのに、もっともらしい理由つけていい感じに正当化しちゃうんだから。

本当に口車がハイスペック。

世が世なら民を導いて革命を起こす煽動者《せんどう》とかになってたかもしれない。

「……はあ」

なんとも言えない気持ちのまま、私は洋室からリビングに戻る。

すると座って待っていたタッくんが、私を見て立ち上がった。

「電話……狼森《おいのもり》さんですか？」

「う、うん。いろいろ文句言いたかったんだけど、結局言いくるめられちゃった感じで」

「……そう、ですか」

タッくんはやはり申し訳なさそうな顔のまま、

「あの、綾子《あやこ》さん」

と続ける。

「やっぱり……怒ってますよね」

「……え？」

「黙って同棲《どうせい》する話を進めちゃって……。いくら内緒にするのが条件だったからって、こんな大事なことを綾子《あやこ》さんの許可なく決めて……本当にごめんなさい」

「そんな……タ、タッくんが謝ることないわよ。悪いのは全部狼森《おいのもり》さんなんだから」

「でも、俺も共犯みたいなものですし」

「気にしなくていいの。私、タッくんには怒ってないから」

暗い顔の彼が見ていられなくて慌てて否定するけれど、

「……嘘《うそ》」

少し間を置いてから、そう続けた。

「ほんとは……ちょっと怒ってるかも」

「え……」

「だってタッくんは、最初から全部知ってたってことでしょ？　九月になったら二人で一緒に暮らすって。遠距離恋愛じゃなくて同棲《どうせい》が始まるって」

「そ、そうですね」

「だったら——この一週間、どんな気持ちで私とイチャイチャしまくってたの!?」

私は叫んだ。

叫ばずにはいられなかった。

頭の中ではこの一週間の様々なイベントが駆け巡っている。

「ど、どんな気持ちって……」

「私は、九月に入ったらタッくんと遠距離恋愛になっちゃうと思ってたから……もうすぐ離ればなれになっちゃうと思ってたから……だから、なんていうか……ちょっとリミッター外してイチャイチャしてたのに……！」

今から一週間前。

タッくんに、東京への単身赴任を伝えた日。

——……東京行くまで、もう一週間ぐらいしかないけど……それまで、いっぱい……できるだけいっぱい、タッくんとイチャイチャしたい。

最後の最後に、私はこんなことを言ってしまった。

思い返したら死にたくなるぐらい恥ずかしいことを言ってしまった……！

だって。

格好つけてる場合じゃないと思ったから。

照れててもしょうがないと思ったから。

残り少ない時間を、できる限り濃厚な時間にしたかったから。

そして実際に言葉の通り、私達は一週間——イチャイチャしまくった。

会えない三ヶ月を先取りするように、濃密な蜜月を過ごした。

正直……結構恥ずかしいこともしてしまった。

年上女のプライドみたいなものは全部捨てて、ここぞとばかりに甘えまくってしまった。

今しかない、という気持ちで。

遠距離恋愛直前の、ある種のボーナスタイムならば、そんな恥知らずなカップル行為も許されると思っていた——それなのに。

「それなのに、タッくんは全部知ってたなんて……。なんにも知らないで一人で盛り上がってた私がバカみたいじゃない……！」

「あ、綾子《あやこ》さん……」

「うう……タッくんも内心じゃ私のこと笑ってたんでしょ？」

「わ、笑ってなんかいませんよ！」

「嘘《うそ》よっ」

「嘘《うそ》じゃありませんって」

焦《あせ》った様子で言い訳するタッくん。

「笑うわけないじゃないですか。綾子《あやこ》さんが俺との時間を大切にしてくれたこと、すごく嬉《うれ》しかったですし……本当に申し訳なかったです。罪悪感に負けて同棲《どうせい》のこと伝えそうにもなりました。でも、狼森《おいのもり》さんとの約束があったし……それに」

「それに？」

「……全力でイチャイチャしてくる綾子《あやこ》さんが、すごくかわいくて」

「なっ！」

「普段からは想像できないくらい甘えてきて……綾子《あやこ》さん、付き合うと結構デレデレしてくるタイプなんだなあ、って感激して」

「〜〜〜っ⁉」

「あーん、とか普通にしてくれましたし。あと……『抱っこして』とか『おんぶして』とか言ってきて、意味もなくおぶって家の中を歩き回ったりして」

「……い、いやあ〜〜〜っ！」

恥ずかしいっ！

もうほんとに、死ぬほど恥ずかしい！

なにやってたの私⁉

三ヶ月会えなくなるからって、ハメを外しすぎでしょ！

「ち、違うのよっ。違うの……だから、アレはね……」

「新しい綾子《あやこ》さんを堪能《たんのう》できた、俺にとって最高の一週間でした。中でも——昨日の裸エプロンは、一生の思い出になるぐらいのクオリティで」

しどろもどろになる私を無視して、タッくんはどこか陶酔したような顔で続けた。その一言に私は衝撃を受ける。

そうだ、思い出した。

イチャイチャ一週間の最終日——つまり昨日。

タッくんを自宅に呼び出して……私、裸エプロンしちゃったんだった！

最後だったから！

最終日だったから！

会えない間にタッくんが浮気《うわき》したりしないように、最後になにかインパクトのあることをしたいと考え——思いついたのが裸エプロンだった。

思いついてしまったのだからしょうがない。

まあもちろん、さすがに本当に裸なわけじゃなくて、下着の上にエプロンをつけた状態で、前から見ると裸に見えますよー、的な『なんちゃって裸エプロン』だったわけだけれど……それでも相当恥ずかしい格好だったことに変わりはない。

こんな破廉恥な格好を見せてしまったら、明日からどんな顔して会えばいいかわからない。

でも明日からは会いたくても会えないんだから少しぐらいハメを外しても大丈夫。そういうメンタルが私に思い切った一歩を踏み出させた。

それなのに――会っちゃってる！

昨日の今日でもう顔を合わせちゃってる！

「～っ！　わ、忘れて！　昨日の裸エプロンのことは今すぐ記憶から消去して！」

「無理ですよ……。あんな素晴らしいもの、忘れたくても忘れられませんって」

「素晴らしくないから！　恥以外のなにものでもないから！　……あっ。ていうかタッくん
――裸エプロンの写真撮ってたわよね⁉」

重要なことを思い出して告げると、彼はサッと目を逸《そ》らした。

「恥ずかしいから絶対に嫌だって言ったのに……『明日から会えなくなるから最後に思い出が欲しいです』とか言って、何枚も何枚も……」

「そ、それは……」

「泣きそうな顔で言うから、特別に撮らせてあげたのに……」

「……えっと」

「でも、タッくんは……今日会えることわかってたのよね？」

「…………ごめんなさい」

ジッと見つめて問い詰めると、観念したように頭を下げる。

「綾子《あやこ》さんの裸エプロンをどうしても記録に残しておきたくて、つい……」

「やっぱり……！　もうっ、タッくん、酷《ひど》い！」

詰め寄って相手の胸をポカポカと叩《たた》く。

「消して！　今すぐ消して！」

「そんな殺生《せっしょう》な……。俺、一生の宝物にしようと思ってたのに」

「あんなの宝物になんかしなくていいの！　今すぐ消すの！」

「で、でも……実家にバックアップあるから、今消してもあまり意味が……」

「バックアップ取ってるの⁉」

「俺、綾子《あやこ》さんの写真は全部バックアップ取ってありますから。クラウドとＨＤ、両方にしっかり保存してて……あと、万が一電子器機が全部ダメになったときの保険で、印刷したアルバムも別にあって」

「なにその万全すぎる態勢⁉」

私の写真は歴史的に重要な文化遺産かなにかなの⁉

一時の恥が世代を超えて受け継がれそうな勢いなんだけど！

その後も、ポカポカ胸を叩《たた》きながらあれこれ文句は言ってみるけれど、

「……うう。もう……タッくんのバカぁ」

やがて私は、叩《たた》くのをやめて彼の胸に顔を埋めた。

「私……離ればなれになるの、本当に寂しかったんだからね」

「綾子《あやこ》さん……」

「タッくんも同じような気持ちだと思ってたのに……まさか、自分だけは同棲《どうせい》のことを知ってて、ずっとウキウキしてたなんて」

「す、すみません……」

謝罪しつつ、タッくんは私の背にそっと腕を回した。

そして優しく、抱き締めるようにしてくれる。

「寂しい思いさせた分、今日からずっとそばにいますから」

「……うん」

いろいろと思うところがないわけじゃなかったけれど、気づけば私は小さく頷《うなず》き、手を回してハグに応えていた。

ああ――

我ながら単純だなあ。

本来なら私は、もっと怒った方がいいのかもしれない。とんでもないサプライズを仕掛けてきた二人に――特に狼森《おいのもり》さんに、しっかりと怒りを燃やしてしばらく根に持った方がいいのかもしれない。

でも……怒りの炎はどんどん小さくなり――代わりに別の炎が大きくなる。

いきなりの同棲《どうせい》生活。

朝も晩も、彼と一緒。

三ヶ月、ずっと一緒。

もはや怒りを感じる隙間などないくらい、興奮と困惑と緊張で胸がいっぱいになり、今にも張り裂けてしまいそうだった。

形容しがたい胸の高鳴りをそれでもどうにか形容するなら……ウキウキとドキドキを足して二で割ったみたいな、そんな感じ。

これから始まる二人の生活に、胸を高鳴らせずにはいられなかった。

第二章
裸体と前掛

♠

本来ならばここですぐ、次の話へと進行すべきなのだろう。

俺達の同棲《どうせい》初日はまだまだ終わらない。

買い物に夕飯、お風呂《ふろ》など、二人でこなすべきイベントはたくさんある。

そしてなにより——この後には、いわゆる初夜が待っている。

新婚初夜ならぬ同棲《どうせい》初夜。

一つ屋根の下で過ごす、最初の夜が待ち受けている。

この夜に俺達二人がどうなってしまうのかは、きっと誰もが気になるところだろう。

しかし。

そんなワクワクドキドキの『同棲《どうせい》初夜』の前に、どうしてもやっておきたい話がある。

時系列をねじ曲げてでも、挟み込んでおきたい回想がある。

因果律を無視してでも、語っておきたい過去がある。

それは——綾子《あやこ》さんの裸エプロンについて。

前章で少し言及したが、あまりに語り足りないというか、情報が断片的過ぎるというか。

このままでは彼女がただの悪ノリで変態チックな格好をしたと思われてしまう恐れがある。

違う。違うのだ。

綾子《あやこ》さんが恥ずかしい格好をしたことには、ちゃんとした理由がある。

彼女らしい、理由がある。

俺としては、どうしてもそれだけは語っておきたい。注釈を入れておきたい。俺が誤解されるのは構わないが、綾子《あやこ》さんが誤解されることだけは我慢ならない。

だからどうか、唐突な過去回想をご容赦願いたい。

もし許してくれるなら——以前にもやったサンタビキニの回想みたいなノリに、ちょっとだけお付き合いくださいませ。

これはまだ、綾子《あやこ》さんが同棲《どうせい》についてなにも知らなかったときの話。

イチャイチャ一週間の最終日の話。

要するに……昨日の話である。


日曜日の昼下がり。

「……はあ」

歌枕《かつらぎ》家の玄関の前に立った俺は、思わず溜息《ためいき》をついてしまう。

今日はこれから、綾子《あやこ》さんと彼女の家で会うこととなっている。

俗に言う『家デート』というやつだ。

綾子《あやこ》さんと会える、デートができるとなれば、普段の俺ならばテンションが凄《すさ》まじく上がりそうなもので、溜息《ためいき》なんて絶対に出ないのだが……ここ最近は少しばかり複雑な事情に悩まされている。

もちろん、綾子《あやこ》さんに会えるのは嬉《うれ》しい。

まして今日は——彼女が東京に行く前日。

遠距離恋愛前に会える、最後の日。

そんな背景があるならば、今日の『家デート』は相当気合いを入れなければならないのかもしれない。会えない期間を穴埋めするような、濃密な時間を過ごせるよう尽力すべきなのかもしれない。

でも——そこまでテンションを上げられない俺がいる。

気分を盛り上げようにも後ろめたさが止まらない。

だって……本当は遠距離恋愛しないんだもん、俺達。

むしろ真逆。

明日から俺達は——なんと同棲《どうせい》を始めてしまうのだ。

距離が離れるどころか、むしろかなり近くなってしまう。

綾子《あやこ》さんはまだその事実を知らなくて、俺だけが知っている状態。

ああ……罪悪感がすごい。

この一週間、ずっと胸が痛かった。

離ればなれになると信じて寂しそうにしている綾子《あやこ》さんを、見ていられなかった。正直、何度か全てを打ち明けようかと思う瞬間はあった。

でも……狼森《おいのもり》さんとの約束を破るわけにはいかない。

そこまで付き合いが深いわけじゃないけど、それでもなんとなくわかる。

本能で察することができる。

あの人との約束は……破ったら恐ろしいことになりそうな気がする。

まあ、なんだかんだ言ってあの人も綾子《あやこ》さんのことは真剣に考えている気がするし、なにより俺のインターンのお世話までしてもらっているのだ。

不誠実な対応をするわけにはいかないだろう。

「……よし」

気合いを入れ直して覚悟を決める。

罪悪感を抑え込み、表情と感情を作る。今日までは『彼女が東京に行って離ればなれになる直前の彼氏』という役柄を演じなければならない。頑張ろう。

決意と共にインターフォンを押すと、

「は、はーい？」

ドアの奥から綾子《あやこ》さんの声が聞こえた。

「タッくん？　タッくんよね？」

「はい」

「……よかった。じゃあ、入ってきて。鍵なら開いてるから」

どこか焦《あせ》った様子でそんなことを言う。

ふむ。いつもなら向こうが玄関を開けてくれるのに、どうして。

そんな疑問を抱きながら、ドアを開けて靴を脱ぐ。

そしてリビングに入ったところで——疑問は全て融解した。なるほど、これじゃ玄関を開けて出迎えることなんてできるわけがない。

綾子《あやこ》さんは——裸エプロンだった。


裸に、エプロン。

それ以外に語りようがない。

余計な衣服などは一切《いっさい》身に纏《まと》わず、裸の上に白いエプロンを身につけているだけ。肩、胸の谷間、太もも……肌がかなり露出していて、極めて扇情的な姿となっていた。

衝撃的な光景を目《ま》の当《あ》たりにした俺は、数秒黙り込んでしまう。

見とれてしまったと言ってもいい。綾子《あやこ》さんの裸エプロンはそれぐらい凄《すさ》まじく、暴力的な魅力を有していた。

「……え。な、なにやってるんですか、綾子《あやこ》さん……？」

「なにって……は、裸エプロンよ」

どうにか疑問を絞り出すと、綾子《あやこ》さんはとても恥ずかしそうに答えた。

顔は羞恥で真っ赤に染まっていて、今にも逃げ出してしまいそうなぐらい追い詰められた様子だったが——しかし逃げ出すことはない。

きちんとその場に立ち、今の姿を俺に見せつけてくる。

裸エプロンという、男の欲望をそのまま体現したような姿を。

「よくわからないけど……男の人ってこういうのが好きなんでしょ？　こういうのが男のロマンなのよね？」

「そ、それは、まあ……」

感じるけど！

ロマンの中でのロマンだけど！

綾子《あやこ》さんの裸エプロンなんて……この十年で何度妄想したかわからない。

正直に言えば、夏場に薄着でエプロンつけてるときの綾子《あやこ》さんがたまに裸エプロンっぽく見えて、一人で勝手にドキドキしてることが何回もあった。

「あ、安心してっ！ 裸エプロンって言っても……『なんちゃって』だから！ 下着はちゃんと着てるから！」

いたたまれない様子のまま叫び、エプロンの肩部分を少しズラす綾子《あやこ》さん。

ズラした部分にはブラジャーの紐《ひも》がわずかに見えた。

本当に裸なわけではなく、下着は着用していたらしい。

安心したような、がっかりしたような。

それはそれで……逆にエロいような。

「さ、さすがにね、こんな真っ昼間からいきなり本当の裸エプロンをやるほど変態じゃないからね、私も……」

ボソボソと言い訳のように語るけど、真っ昼間にいきなり『なんちゃって裸エプロン』をやるのも、それはそれで結構アグレッシブな行為なのではないかと思う。

言わないけど。

「だから、その……あくまで『なんちゃって』だから、あんまりいろんな角度から見たりしないでね？ 正面からの風景だけどお楽しみいただきたいと言いますか……」

「…………」

「ああっ、嘘嘘《うそうそ》……。やっぱり正面からもあんまり見ないで……、恥ずかしくて死んじゃいそうだから……」

恥ずかしそうに身を捩《よじ》る綾子《あやこ》さん。そのせいで内ももや脇など、かなり危うい部分がエプロンの下から見えてしまい、こっちも落ち着かない気分にさせられる。

「うう……タッくん、引いてない？　ドン引きしてない？　『なにやってんだ、このおばさん』とか思ってない？」

「お、思ってませんって！」

情緒不安定になる綾子《あやこ》さんを慌ててフォローする。

「でも、どうして急にこんな格好……」

「だ、だって……今日が最後だから」

今にも泣き出しそうな顔で、綾子《あやこ》さんは言う。

「最後になにか、思い出に残ることがしたくて……。こっちに残るタッくんが私のことを忘れないように——離ればなれになっても鮮明に覚えてるように、強烈なインパクトを残したくて。そう考えたら……は、裸エプロンぐらいのことをやっちゃうしかないのかなあ、って」

「綾子《あやこ》さん……」

裸エプロンは、綾子《あやこ》さんなりに俺を思いやってのことだったらしい。

遠距離恋愛前の最後の一日だからこそ、暴走気味の一歩を踏み出した。

全ては俺のために。

その気持ちはすごく嬉《うれ》しい。

しかし同時に——激しく胸が痛む。

うわあ……罪悪感がすごい。

だって。

だって——本当は離ればなれになんかならないんだもん、俺ら。

「うう……寂しい。東京、行きたくないぃ……」

本当に悲しそうな声で綾子《あやこ》さんは言う。

「明日からはもう、こんな風に気軽に会えないのよっ？」

会えます。

会えるんです。

明日から三ヶ月、毎日顔を合わせます。

「も、もちろんできるだけ帰ってくるつもりでいるけど……でも、さすがに週一ぐらいが限界だし……。明日からはタッくんに会うまで、電車と新幹線で二時間ぐらいかかっちゃう！」

かからないです。

毎日ゼロ秒で会えるようになるんです。

「こんな風に話もできなくなる。いくら電話ができるからって……やっぱり生の声とは違うじゃない……！」

話せます。

いくらでも生で話せるんです。

「ハグとか……キ、キスも、できなくなっちゃう……」

できます。

今より頻度増える気がします。なんなら俺、『いってきますのキス』とかお願いしちゃおうかなあ、って妄想してたりします。

「……タッくんも一緒に東京に来ればいいのに。一緒に住んだらいいのに」

住みます。

明日から一緒に住むんです。

「……はあ。ごめんね、タッくん。わがままばっかり言って」

「い、いえ」

こ、心が痛い……！

罪悪感に殺されてしまいそう。最愛の人に嘘《うそ》をついて寂しい思いをさせて、俺はいったいなにをやってるんだろう？

「こんな泣き言ばっかり言ってちゃダメよね。こうやって会えるのも今日が最後なんだから、楽しい思い出にしないと……」

「そ、そうですよ。今日は楽しく過ごしましょう」

「うん。楽しい家デートにしましょうね。じゃあ——着替えてくるからちょっと待っててね」

「……え？」

自然な流れで発せられた言葉を、思わず問い返してしまう。

「着替えちゃうんですか？」

「き、着替えるわよ。当たり前でしょ？　これは……なんていうか、出オチだから」

出オチって。

いやまあ、確かに出オチっぽい感じはあるけど、だからって自分で言っちゃうのはあまりに自虐的すぎないだろうか？

「こんな恥ずかしい格好……いつまでもしてるわけにはいかないでしょ？　美羽《みう》だっていつ帰ってくるかわからないし」

急に常識的なことを言い出す綾子《あやこ》さん。

……それを言い出すんなら、そもそも一瞬でも裸エプロンになってること自体がおかしい気がするけれど、まあそれは置いておいて。

マジか。

着替えちゃうのか。

裸エプロン、もう終わりなのか。

「……あの」

猛烈な惜しさを感じてしまった俺は、つい口を開いてお願いしてしまう。

「着替える前に、写真撮ってもいいでしょうか？」

「写真⁉　は、裸エプロンの、ってこと？」

「はい」

「ダ、ダメよ、絶対！」

断固拒否する綾子《あやこ》さん。

「そこをなんとか」

「無理無理！　絶対無理っ！」

「……メイド服のときはオッケーだったじゃないですか」

「あ、あのメイド服とはまた違うでしょう？　あれはきちんとコスプレのために作られた衣装だから。万が一誰かに見られても趣味ってことでギリ押し通せるけど……、は、裸エプロンは……彼氏ができて浮かれた痛い女しかやらない格好だもの……。今の、私みたいに……」

自分で言って自分でダメージを負う綾子《あやこ》さんだった。

「どうしてもダメですか？」

「……ダ、ダメよ。そんな目で見たってダメ……うん。ダ、ダメなんだから。いくらお願いされたって、無理なものは無理なのよ……」

段々と拒絶が弱くなっていく様子に、俺は言いようのない興奮に駆られる。

あ〜っ、もう、なんなんだろうなあ！

この……押したらいけそうな感じ！

わがまま言ってる俺も悪いけど、でも綾子《あやこ》さんもよくないと思うんだ！

こんな断り方されたら——もっと押したくなる！

だって押したらいけそうなんだもん！

「……お願いします」

裸エプロンに対する執着と……もはや誘ってるとしか思えない、弱々しい拒絶。

それらの要素が混ざり合い、俺の中の悪魔を呼び覚ます。

「明日から綾子《あやこ》さんに会えなくなるから、最後に思い出がほしいんです。遠距離恋愛を乗り越えるための、思い出が」

「タッくん……そんな、えー……」

恥じらって困り果てる綾子《あやこ》さん。

罪悪感がズキズキと胸を攻撃するも、それでも悪魔の誘惑には勝てなかった。

目の前の甘美な光景を記録に残すという誘惑には！

「そう、よね。明日から、会えなくなるんだものね……。だったら……ああっ、でも、うう……うう～っ」

激しい懊悩《おうのう》をしつつ、上目使いにこちらを見る。

「ほ、ほんとにこんなのが最後の思い出でいいの？」

「私のこんな格好……写真に撮って何回も見たいの？」

「はいっ」

「はい」

「……もう。タッくんたら」

そして、綾子《あやこ》さんは言う。

羞恥に顔を赤らめつつも、まんざらでもなさそうな顔で。

「——ちょっとだけ、だからね」

その後——

俺は彼女の恥ずかしい写真を撮り始めた。

内心では何度も何度も謝りながら……『ちょっとだけ』じゃ済まないぐらいの量を撮りまくってしまった。


——回想終了。

イチャイチャ一週間最終日のエピソードは、これにて一段落。

……なんだろう。綾子《あやこ》さんが裸エプロンとなった深い事情を語るつもりが、あんまり大した事情はなかったような気がする。

ていうか、俺がちょっと最低だった気がする。己の欲望に負けて嘘《うそ》をつき、彼女の善意につけ込んでしまった……。

綾子《あやこ》さんは暴走気味だし、俺は誘惑に負けるし……語っても誰も幸せにならない過去回想だったかもしれないなあ。

まあ、語ってしまったものはしょうがないだろう。

本筋とは無関係な回想はこれにて終了。

ご静聴ありがとうございました。

では引き続き本編を——同棲《どうせい》初日の夜をお楽しみください。

第三章
同棲と初夜

まだまだ頭はさっぱり状況についていけてないけれど、でもいつまでも困惑したままじゃいられない。

今日から――今この瞬間から、私達の同棲《どうせい》は始まるのだから。

二人で生活していかなければならない。

二人で、衣食住を共にしなければならない。

♥

混乱も冷めやらぬまま、とりあえず私達は荷物の整理に入った。

着替えをクローゼットにしまったり、持参した食器を棚にしまったり。

私の方は完全に一人暮らしだと思ってて一人分の生活用品しか持ってきてなかったから、これから買わなければいけないものも多そう。

あれこれ作業していると、あっという間に夕方となった。

『衣』と『住』の準備を中断し、『食』の準備に取りかからねばならない。

部屋に冷蔵庫はあったが、当然中身は空っぽ。

私とタッくんは、二人で夕飯の買い物に出かけた。

「――へえー。タッくんがインターンするの、『リリスタート』さんなのね」

雑談しつつ慣れない道を二人で歩いていく。

向かう先はここから一番近いスーパー。

ナビで検索したらすぐ出てきたところで、歩いて十分ぐらいらしい。もちろん初めて行くところだけど、そこまで複雑な道じゃないし、おしゃべりしながらでも迷いはしないだろう。

「綾子《あやこ》さん、知ってるんですか？」

「うん、うちとも結構付き合いあるから」

株式会社『リリスタート』

主にＷｅｂサービスやアプリ事業を手がける、新進気鋭のベンチャー企業。近年では漫画アプリなどもローンチしており、『ライトシップ』とも関わりは深い。

そういえば、狼森《おいのもり》さんの知り合いが立ち上げた会社だって話だったなあ。

「タッくん、そっち系の就職目指してたのね」

「そこまで具体的に決めてたわけじゃないですけど、なんとなくＷｅｂ関係の仕事をやりたいなとは思ってて」

「でも、何ヶ月も大学を休んじゃって大丈夫なの？」

「問題ないです。インターンも単位にしてもらえますし、三年前期までで大体の単位は取り終わってたんで。途中、何回か試験だけ受けに帰る必要はあるんですけど」

ああ、そうだそうだ。

大学によってはインターンが単位になったりもするのよね。

そもそもタッくんは……本当に一年生のうちから真面目に大学通って、しっかり単位を履修してたみたいだし、インターンで多少講義を休んだところで問題はないんだろう。

「さすがタッくんね」

「いやいや、普通ですって、このぐらい」

雑談もそこそこに、スーパーに到着する。

タッくんがカートを出してくれて、私はそこにカゴをセット。

地元のいつものスーパーならば長年の主婦スキルを発揮して極めて効率のよい動線で買い物を済ますことができるけれど……初めて来た場所では動線もなにもあったものじゃない。

二人でウロウロと、店内をゆっくり見て回る。

「明日からの朝ご飯も買わなきゃよね。タッくん、なにか希望はある？　パンがいいとか、ご飯がいいとか」

「どっちでもいいです」

「……そっか。うーん」

「あっ、ごめんなさい。どっちでもいいじゃ困りますよね。えっと、じゃあ……どっちかと言えばパンで」

「了解。私も朝はパンがいいからそうしましょ。となると、パンに塗るものも買わなきゃよね。

トースターは部屋にあったし、フライパンは愛用のやつ持ってきたし……」

「洗剤とかは」

「あーっ、ないない。あとで買った方がいいわね」

いろいろと話し合いながら、少しずつ買い物を進めていく。

なんだか不思議な気分だった。

明日からの食事を、タッくんと二人で話し合いながら買っていくなんて。

一緒に買い物した経験は何度かあるけれど、これまでとはまるで違う。

二人で生活するための必需品を、二人で買って回る。

これじゃ、まるで——

「……なんか、新婚みたいですよね」

どこか照れたような顔で言われ、ドキンと胸が跳ね上がる。

内心を見透かされてしまったかと思ったから。

「や、やだもうっ。なに言ってるの、タッくんっ」

「すみません。つい、思っちゃって」

「気が早いわよ、まだ付き合ったばかりなのに……え。あっ、ち、違うけどね！　気が早いって言っても……将来結婚するのが決まってるわけじゃなくて……。でも……い、嫌ってわけでもないんだけど、だから、えっと」

「だ、大丈夫ですっ。言いたいことはわかります」

お互いに顔を真っ赤にしてしまう私達だった。

一つ咳払《せきばら》いをして気持ちを落ち着かせた後、

「……新婚みたいかどうかはともかく、こういう風に二人で気軽に出歩けるのはいいわよね」

と私は言った。

「地元だったら、二人で近所のスーパーなんて来られないと思うし」

「向こうだとなにかと気を遣いますからね」

タッくんも苦笑気味に頷《うなず》いた。

私達の交際は、そこまでオープンな付き合いではない。徹底して隠しているというわけではないけれど、やはりご近所さんの目というものは気になる。

もちろんタッくんはすでに成人しているわけだから、交際することが法律に違反しているわけではない。

でも、だからって……あんまり大っぴらにするのも考えものだろう。

私みたいな三十過ぎのシングルマザーが二十歳《はたち》の大学生と交際しているなんて、決して普通のことではないと思うから。

どうしたって好奇の目で見られると思う。

もちろん――いつまでも隠しておけることではないとわかっている。

でも、とりあえず今は、目立つことは避けようという結論となった。

東京に来る前の一週間でも、外ではあんまりイチャイチャしなかった。

一回、ラブカイザー夏映画を見るデートにも出かけたけれど……そこはあくまで地元の映画館。誰が見ているかわからないから、少しよそよそしい感じのデートになってしまった。

……まあ、そもそも。

三十過ぎの女が公衆の面前で彼氏とイチャイチャしているのは、それはそれで結構痛々しいだろうからねー。

「あっ。ねえタッくん、卵、今日特売みたいよ！　一人一パックまでですって。やった、ついてるわね」

「……はい」

喜び勇んで卵コーナーへと向かおうとした、そのときだった。

不意に——ギュッ、と。

手を握られた。

カートを押していない方の手で、タッくんが私の手を握ってきたのだ。

「えっ」

驚いて見返すと、彼は目を逸《そ》らし、素知らぬ顔をしていた。

でもその手は、しっかりと私の手を握って離そうとしない。

「ちょっ……タッくん。ダメよ、こんなところで」

「……はぐれるといけないんで」

「いや、はぐれないでしょ……そんな混んでないし……」

「いいじゃないですか。どうせ知り合いもいないですし」

『旅の恥はかき捨て』的なことを言ってくる。

確かに知り合いはいないだろうけど、でも。

「……でもここ、スーパーよ？」

スーパーって。

どこかデートで遠出しているときならまだしも、こういう日常感の強い場所でまで手を繋《つな》いじゃうなんて！

「スーパーの買い物中まで手を繋《つな》いじゃってたら……まるで、同棲《どうせい》したての浮かれてるカップルみたいじゃない！」

「まるでっていうか、そのものですけどね」

冷静にツッコむタッくん。

そ、そうだった！

私達、同棲《どうせい》したてのカップルそのものだった！

ちょうど浮かれてる最中だった！

「綾子《あやこ》さんがどうしても嫌なら、やめますけど」

「ど、どうしても嫌ってわけじゃないけど……」

「じゃあ、このままで」

少し得意げに笑い、タッくんは私の手を引いて歩き出す。

なんだか向こうのペースに流されてしまったような気がして、少し悔しかった。ズルい。ほんとズルい。『嫌ならやめます』とか訊《き》いてくるのがズルい。

だって。

嫌なわけがないんだから――

「……タッくんって、意外とテクニシャンよね」

「え。どういう意味ですか？」

「別にー」

そのまま私達は、食材や日用品の買い出しを続ける。

時々手が離れたりしながらも、隙あらば手を繋《つな》ぐような感じで。

買い物が終わって家に帰るまでの道も、ずっとずっと手を繋《つな》いでいた。

……ほんと、浮かれすぎてて恥ずかしくなっちゃうわ。

せっかくの同棲《どうせい》初日なのだから気合いを入れたディナーを用意してみようかしらとも考えてはいたのだけれど……食材以外にも生活必需品もいろいろ買って回っていたら、すっかり遅くなってしまった。

ので、夕食はスーパーの惣菜《そうざい》で簡単に済ませた。

その後、タッくんがお風呂《ふろ》に入ったタイミングを見計らって、私は美羽《みう》へと電話をかけた。

向こうの様子を確認したいし、それに報告しなければならないこともあるし。

『──うっそ！　ママ、これからタク兄と一緒に住むの!?』

現状を説明すると、驚きの声が返ってきた。

もしかしたら美羽《みう》も狼森《おいのもり》さんとグルで、全部知ってた上であえて黙っていたのかも……と邪推してしまっていたけれど、どうやら美羽《みう》はなにも知らなかったみたい。

『……へえ、へえー。なにそれ。面白ーい。さすがは狼森《おいのもり》さんだね。やることのスケールが違うもん』

驚きの声は、徐々に感心の声へと変わっていく。

『タク兄もタク兄でやってくれるなあ。私もさ、二人のこと、少しは心配してたわけだよ？　やっとこさ付き合えた二人がいきなり遠距離恋愛なんてことになっちゃってさ。いろいろ大変だろうから、ここは娘の私が頑張って二人を繋《つな》ぎ止《と》めねば、ナイスな鎹《かすがい》にならねば、と思って、あれこれ考えてはいたけど……あははっ。どうやら余計なお世話だったみたいだねー』

実に楽しそうに美羽《みう》は言う。

『いいなあ。彼氏と同棲《どうせい》とか、超楽しそう』

「……呑気《のんき》なこと言わないでよ」

『なんで？　嬉《うれ》しくないの？』

「う、嬉《うれ》しくないわけじゃないけど……いきなりすぎて心の準備ができてないっていうか」

『相変わらず面倒臭い大人だなあ、ママは。新婚生活が先取りできたと思って、素直に喜べばいいのに』

「し、新婚って……！」

もうっ！

タックんも美羽《みう》も、すぐそっちの話に持ってくんだから！

「気が早いわよ。私達まだ付き合ったばかりなんだし」

『……いやいや、これが大学生カップルの同棲《どうせい》とかなら気が早いってのもわかるけどさ。ママ……自分がいくつかわかってる？』

「うぐっ」

『三ピー歳でしょ？』

「うっ、うっ」

『来月の誕生日で、とうとう三ピー歳だよ？』

「……う、ああ……」

『気が早いどころか、明日にでも結婚していい年だと思うけど？』

「……もうっ！　いいの！　私のことはいいの！」

極めて現実的なことを言ってくる娘に対し、とにかく強引に話を打ち切るという、情けないことをしてしまう私だった。

気を取り直して、

「そっちは大丈夫なの？」

と尋ねる。

「ちゃんと学校は行ったの？　ご飯はもう食べた？」

『学校も行ったし、夕ご飯もしっかり食べたよ。心配しすぎ』

「しょうがないでしょ、心配なんだから」

『お婆《ばあ》ちゃんもいるんだから大丈夫だよ』

呆《あき》れ口調で言う美羽《みう》。

私がこっちに来ている間、美羽《みう》のお婆《ばあ》ちゃん――つまり私のお母さんに様子を見てもらうようお願いしている。

今は向こうの家に、美羽《みう》とお婆《ばあ》ちゃんが二人で暮らしている状態。

「……ちなみにお母さんは、近くにいないわよね？」

『大丈夫。今は私の部屋。お婆《ばあ》ちゃんは下で韓流ドラマ見てる』

「そう、よかった」

ホッと胸を撫《な》で下《お》ろす。

「一応、言っとくけど……タッくんとの同棲《どうせい》のことは、お母さんには絶対に内緒だからね。わかった？」

『言わないって。そのぐらいわかってるよ』

「ならいいけど」

『でもさ、いつまで内緒にしとくわけ？　どうせいつかは話さなきゃいけないんだから、早いか遅いかの違いだけじゃないの？』

「わ、わかってるわよ。いつかタイミングを見て話すから」

引き延ばしてるだけなのはわかってるけど……さすがに今は無理。

相手が大学生ってだけでも大騒ぎだと思うのに、なんだか流れでその相手と同棲《どうせい》することになってしまったなんて。

黙っておこう。

きっともっと、いい感じのタイミングがあるはず。

『そういえば、タク兄のパパとママには付き合うこと報告したんだっけ？』

「……一応」

つい三日前のことだ。

彼と交際することを、朋美《ともみ》さんに報告した。

前々から朋美《ともみ》さんにはいろいろと相談に乗ってもらったりしていたから、報告しないわけにはいかなかった。

私としてはタッくんのお父さんにもきちんと報告したかったのだけど、

『あらあら、いいのよ、そんな畏《かしこ》まらなくて。まだ結婚の挨拶ってわけでもないんだし』

と軽い感じに言われてしまった。

だからまだ正式な挨拶をしたわけではない。

でも……お父さんの方にも話は伝わってると思う。

たぶん、反対はされていないはず。

タッくんの家は私との交際を認めているらしいから。

一応私は……家族公認の彼女、ということになっているのだろう。

『そっかそっか。タク兄の家は元々ママのこと認めてたわけだもんね。じゃあ、今回の同棲《どうせい》のことは……』

「……タッくんが事前にちゃんと説明して、話はついてるそうよ」

『あはは……。さすがタク兄』

感心を通り越して、若干引いている様子の美羽《みう》だった。

今回の同棲《どうせい》に関しては、タッくんの方から両親にきちんと事情説明をしていて、すでに許可はもらっているらしい。

付き合って即同棲《どうせい》なんて、親によっては反対する人も多そうだけれど……左沢《あてらざわ》家としては『息子が東京で一人暮らしするなら、綾子《あやこ》さんが一緒の方が心強い』という気持ちだそうな。

私への信頼感がすごい！

とは言え……一度、電話ぐらいはしなきゃね。

事後承諾みたいになっちゃったけど……大人として、社会人として、向こうの両親に同棲《どうせい》の挨拶ぐらいはしたい。

『それで、タク兄はなにしてんの？』

「タッくんなら、今お風呂《ふろ》に入ってるところよ」

『へえー、お風呂《ふろ》か』

美羽《みう》は一瞬間を空けた後に、

『なんか……生々しいね』

と少し照れたような声音で続けた。

「な、なによ、生々しいって」

『いや、なんていうのか……本当に一緒に住んでるんだなあ、って思って』

「……っ」

『これから二人は、三ヶ月も一緒に住むんだよね。付き合い立てのカップルが、一つ屋根の下で、ずーっと一緒に、何日も何日も……』

「だ、だからなんなの……？」

『ママ』

美羽《みう》は言う。

極めて真剣な声で。

『子供の名前って、私が決めてもいい？』

「話飛びすぎじゃない⁉」

いきなり命名権⁉

大事なステップがごっそり抜けてるんだけど！

『いやだって……そういうこともあるでしょ？』

大いに狼狽《うろた》える私とは対照的に、美羽《みう》は冷静だった。

なんていうか、腹が据わってる感じ。

いろんな覚悟を決めた感じ。

『タイミングがよければ……ちょうど三ヶ月経《た》って帰ってくる頃に妊娠発覚！　なんてこともあるかなあって』

「なんのタイミングよ⁉　もう……そんなことあるわけないでしょ。私達は遊びに来てるわけじゃないのよ」

『そうは言っても、こういうのは授かり物らしいからねー。なにがどうなるかは誰にもわからないでしょ？　若い二人が一緒に暮らして……あっ。ごめん。若い二人じゃないのか』

「そこで急に謝らないでよ！　気を遣われる方が辛《つら》いから！」

全力でツッコむ私だった。

「と、とにかく……美羽《みう》は余計な気を回さなくていいから。子供とか……私達はまだ全然、そういう話にはなってないんだから」

『なるほど、今は二人だけでイチャイチャしたいと』

「そんなこと言ってません！」

ああもう、おやすみ！

と。

強引に電話を打ち切った。

向こうのことを心配してかけたはずの電話だったのに、気づけばほとんど私の話をして終わってしまった。

もう、美羽《みう》ったら。

子供なんて……まだ早すぎるでしょ。

べ、別に欲しくないってわけじゃないけど……タッくんとの子供はきっとかわいいだろうし。

私の年齢を考えたら早めに産んだ方がいいのよね。三十歳超えての初産《ういざん》はなにかと大変だっていうし——いや、違う。

だからまだ、気が早いのよ！

結婚の話すら出てないのに、子供の話なんて。

そもそも。

私達、子供ができる行為すら、まだ一回も——

「——綾子《あやこ》さん」

「ひゃあっ」

悶々《もんもん》としていたところに声をかけられ、ビクンと跳ね上がってしまう。

「ど、どうしました……？」

「タッくん……な、なんでもないっ、なんでもないから！」

言い訳しながら振り返り——そして、息を呑《の》む。

彼の姿を見た瞬間、心臓が一気に跳ね上がった。

「すみません、先お風呂《ふろ》入っちゃって」

「う、ううん、いいのよ。私が電話したいから先に入ってって言ったんだし……」

まともに相手の顔を見ることができない。

お風呂上《ふろあ》がりのタッくんは——当たり前だけど、お風呂上《ふろあ》がりの姿をしていた。

髪はまだ少し濡《ぬ》れてて、頬は少し上気して赤くなっている。

格好はラフなパジャマ姿。

別に裸で出てきたわけでもないのに……どうしてかすごく意識してしまう。

彼の存在を、彼の肉体を——

「……っ！」

ああ、もうっ！

美羽《みう》が変な話をしたせいよ！

妊娠とか子供とか……変な話ばっかりしてくるから……だから、なんか頭がそういうモードに入っちゃって、そういう目で見ちゃって……うう〜っ！

「じゃ、じゃあ私、お風呂《ふろ》入ってくるわね！」

大急ぎで着替えとバスタオルを用意した後、私は逃げるようにリビングを飛び出し、お風呂《ふろ》場へと向かった。

でも。

お風呂《ふろ》に逃げたところで——その後は逃げ場なんてないのだろう。

今日、タッくんから話を聞いて、頭の奥ではずっと考えていた。

同棲《どうせい》。

一緒に住むということ。

一つ屋根の下で——恋人同士が寝食を共にする。

だから今夜、私はタッくんと一緒の部屋で寝る。

その意味がわからないほど、私は子供ではない。

なんなら、子供が一人二人いてもおかしくないぐらいの年齢なのだから。


東京に来る前の、イチャイチャ一週間。

会えない期間を先取りするつもりでかなり濃密な時を過ごしてしまった私達だけれど——でも、最後の一線だけは越えていなかった。

別に、なにか理由があったわけじゃない。

なんとなく、そういう空気にはならなかった。

だって……イチャイチャすると言っても、その大半が昼間のこと。タッくんが私の家に来て、そこで二人で過ごすだけ。

真っ昼間からそういうことするのも……なんか、ねえ？

一度だけデートにも出かけたけど、ラブカイザーの夏映画を見て帰ってきただけ。午前中に出発して夕食前には帰宅するという、まるで中学生みたいなデートだった。

だから。

私達はまだ、清い関係のまま――

「お、お待たせ……」

お風呂《ふろ》からあがり、髪を乾かしてからリビングに戻る。

ソファに座っていたタッくんは、私を見ると少し顔を赤くした。

「どうしたの？」

「いや、その……パジャマ姿、いいなって思って」

「……っ」

相変わらず、照れるくせに意外とストレートに褒めてくるタッくんだった。

「か、からかわないでよ、もう」

「からかってませんよ。本当に、素敵で、かわいくて」

「～～～っ」

褒め殺しされてなにも言えなくなってしまう。

ああ……うう……。

本当にかわいいのかしら、私のパジャマ姿？

これなんて、家でずっと着てたかなり古いやつなのに。もしタッくんと同棲《どうせい》するってわかってたら、新しくかわいいパジャマを買ってたのに！

パジャマだけじゃない。

事前にわかってたら……下着だって、ちゃんとしたのを用意できたのに。

あ～、どうしよう……。完全に一人暮らしだと思ってたから、普段から穿《は》いてる地味な下着しか持ってきてない。

家にはあるのに！　いざってときのための勝負下着、タッくんとの付き合いを意識し始めてからこっそり購入してたのに……！

「えっと……どうします？　テレビでも見ます？」

私が一人懊悩《おうのう》していると、タッくんが困ったように口を開いた。

「そ、そうね。見よう見よう」

頷《うなず》いた後、ソファに座る。

人間一人分ぐらいの距離を空けて。

イチャイチャ一週間ではそれなりのスキンシップを取っていたけれど……でも、今日は無理。

これ以上近づけない。

だって……お互いにパジャマなんだもん。

あとは寝るだけっていう格好。

こんな状態で、意識するなって方が無理……！

テレビ画面では十時台のドラマが流れているけれど、内容は全く頭に入ってこない。頭の中は……あれやこれやの妄想で手一杯。

だ、大丈夫大丈夫っ。

いざとなったら、流れでなんとかなるはずよ……！

お風呂《ふろ》で一応、諸々《もろもろ》の準備はしたつもり。

下着は……部屋を暗くしてもらえば見えないはず。アレは……私は持ってきてないけれど、真摯なタッくんが用意してくれてると思う。

うんうん、そうそう。

そんなに難しく考えることじゃないのよ。

変なことじゃないし、悪いことでもない。

誰でもやってることなんだから。

私だって、そうやって生まれてきたんだから。

だいたい……高校生とかならまだしも、三十すぎた大人の女が、ここまで完璧にお膳立てされた状況で拒否していいわけがないし――

「――子さん。綾子《あやこ》さんっ」

「……へっ？　え？　な、なに……!?」

ハッと顔をあげると、タッくんが心配そうに私を見つめていた。

「ドラマ、終わりましたけど」

「えっ……あ、ほんとだ」

「大丈夫ですか？　なんか、ボーッとしてましたけど」

「だ、だいじょぶだいじょぶ！　あははっ、ちょっと疲れちゃったのかなー。今日一日、いろいろドタバタしてたし」

「あー、そうですよね」

タッくんは苦笑気味に言うと、すくりとソファから立ち上がった。

「じゃあ少し早いけど、そろそろ寝ましょうか」

瞬間——ドキンッ、と。

心臓が大きく跳ね上がった。

「そ、そうね、寝ましょうか」

「綾子《あやこ》さん、明日から仕事ですもんね。あんまり遅くならない方がいいですし」

あんまり遅くならない方が……⁉

つまり、早く始めて早く終わらせて、しっかり睡眠時間は確保しようってこと！

な、なんて計画的なの、タッくんっ！

「綾子《あやこ》さんがお風呂《ふろ》入ってる間、ベッドの準備はしておきましたから」

すでにベッドは準備済み……⁉

やっぱり計画的っ！

タッくん……やる気マンマンじゃない！

興奮と緊張でオーバーヒートしそうになっている私をよそに、タックんは平然とした様子で寝室の戸を開けた。

部屋の中にあったのは、シングルベッド。

それと——布団。

ベッドのすぐ隣に、布団が一組敷いてあった。

寝室は先ほどの荷物整理のときに確認していたから、備え付けのベッドがあることはわかっていた。

でも……どうしてその隣に布団が敷いてあるのかしら？

てっきりベッドで一緒に寝るのだとばかり……。

うん？

えっと……あれかしら？

タックん、ことが終わったら別々に寝たいタイプ？

「……綾子《あやこ》さん」

戸の前で固まってしまう私に、タックんが言う。

「警戒——してますよね」

「け、警戒？」

問い返すと、彼は困ったような顔で続けた。

「俺が……今日、関係を迫る気じゃないかって」

「――っ！　そ、そんなことは……」

「……」

「警戒なんてしてな……くも、なくはなくて……えっと、あの……うん、ちょっと、警戒してた、かも……」

反射的に言い訳しようと思ったけれど、ジッと見つめてくる彼の目に気圧《けお》されて、最終的には認めてしまう。

言い訳しても無駄だと思った。

私の心の奥底まで見つめるような、深くて静かな眼差《まなざ》し。

「やっぱり。さっきから明らかに挙動不審でしたもんね」

「ご、ごめん……あの、でもね、嫌なわけじゃないわよ！　ただ、その……き、緊張しちゃってるだけで」

「安心してください」

しどろもどろになる私に、タックんは言う。

くしゃり、と小さく笑って。

「今日、するつもりはないですから」

「え……」

「もちろん、したくないわけじゃないけど……なし崩しみたいなのは嫌なんで」

「なし崩し……」

「カップルが一緒に暮らすってなれば、そういうことをするのが当たり前なのかもしれませんけど……でも、今回の同棲《どうせい》って、ちょっと普通と違うじゃないですか」

「…………」

「二人で話し合って決めたわけじゃなくて、綾子《あやこ》さんには事後承諾になっちゃいましたから。これで……雰囲気と流れで最後まで押し通すみたいなのは、なにか違うと思いますし」

「タッくん……」

「こういうの、できるだけいい思い出にしたいですからね。だから、ちゃんと待ちますよ。綾《あや》子《こ》さんの心の準備ができるまで」

まっすぐ私の目を見つめて、優しく微笑《ほほえ》む。

どこまでも温かな言葉と想《おも》いが、私の全身を包み込むようだった。

胸が温かなもので満たされていくのを感じる。あれこれ考えすぎてパニックになっていた心が、優しく解きほぐされていくようだった。

「……うん。ありがと、タッくん」

それから私達は、別々の寝具で寝る準備を進めた。

タッくんが布団で、私がベッド。

「綾子《あやこ》さん、真っ暗派ですか、小さいのつけとく派ですか？」

「つけとく派ね」

「俺もです。そっちの方が睡眠の質があがるらしいですよね」

会話しつつ、タッくんが電気を一番小さくする。

薄暗くなった部屋で、私達はそれぞれの寝床に入る。

「じゃあ、おやすみなさい、綾子《あやこ》さん」

「おやすみ、タッくん」

就寝の挨拶をし、目を閉じる。

でも。

なかなか寝つくことはできなかった。

明日は朝から仕事。東京に来て最初の出勤なんだから、絶対に遅刻するわけにはいかない。

午後から大事な会議もあるし、しっかり休んでおかないと。

それなのに──なかなか眠れない。

いろいろと、ぐるぐると、考えてしまう。

タッくんの気持ちは、気遣いは、すごく嬉《うれ》しい。

今日はするつもりがないと言われ、正直、ホッとした。

決して嫌なわけじゃないんだけれど……経験がないことなので、恐怖や不安はどうしたって感じてしまう。

だからどうしても警戒するような感情はあって――タッくんはそんな私の気持ちを察し、思いやってくれた。

本当に優しい。

私を大事にしてくれる。

私との関係を、すごく大事に考えてくれている。

彼の優しさや真摯さを再認識して、ますます好きになってしまった。

「…………」

それなのに――どうしてだろう。

幸せな気持ちが胸いっぱいに広がっていくのに――少しだけ、ほんの少しだけ、チクリと胸を刺す寂しさを感じてしまう私がいた。

第四章
仕事と嫉妬

♥

目を覚ますと——裸のタッくんの腕の中にいた。

「……へ？　え……え、えええええっ⁉」

寝ぼけ頭が状況を理解した瞬間、絶叫して飛び起きる。

目を擦り、改めて見つめる。

うん……やっぱり見間違いじゃない。

広い肩幅と、筋肉のついた胸。薄ら六つに割れた腹筋。

布団《ふとん》から覗《のぞ》く男の上半身は——思いっきり裸だった。もう少し布団《ふとん》がズレたら、いけないところまで全部見えてしまいそう。

裸のタッくんが私の隣に寝ている。

ていうか……今の今まで一緒に寝ていたっぽい。

「なな、なんで⁉　なんで二人でベッドで……なんで、タッくんが裸で……って、ええ⁉　わ、私も裸⁉」

布団《ふとん》から覗《のぞ》くタッくんの裸体に目を奪われてしまったため気づくのがかなり遅れてしまったけど、なんと私も裸だった。

なにもつけてない！

なにも穿《は》いてない！

完全なる全裸！

私もタッくんも、両方とも素《す》っ裸《ぱだか》――

「な、なにこれ、どういうこと……？」

「……ん。綾子《あやこ》さん……？」

大混乱に陥っていると、寝ていたタッくんが目を覚ました。

裸のまま起き上がったため、上半身が全部見えてしまう。

私は反射的に、布団《ふとん》で胸を隠すようにした。

「起きてたんですね、おはようございます」

「お、おはよう……じゃなくて！　なによ、これ？　ど、どういう状況なの？」

「なにがですか？」

「ど、どど、どうして私達一緒に寝てるの⁉　しかも……は、裸で」

「覚えてないんですか？」

狼狽《うろた》えまくる私に、タッくんは冷静に告げる。

「昨日あれから……なんか流れで」

「なんか流れで⁉」

嘘《うそ》でしょ⁉

あんな雰囲気で終わったのに⁉

寝る前のやり取りはなんだったの⁉

あんだけ話し合っといて、結局『なんか流れ』で致しちゃったの⁉

「綾子《あやこ》さん、すごくかわいかったですよ」

「……っ」

「最初は顔真っ赤にして恥ずかしがってましたけど、いざ始まったらすごく情熱的で……最後の方なんて自分から——」

「ほ、ほんとに⁉　ほんとに私が、そんな……」

まだまだ状況が飲み込めずにいると——いきなり、ガバッ、と。

タッくんが、抱きついてきた。

全裸の彼が、全裸の私に。

体のあちこちが密着してしまって、とんでもないことになる——

「え？　えっ、えええええっ⁉」

「……ごめんなさい。綾子《あやこ》さん見てたら、我慢できなくなっちゃいました」

「ちょっ、ちょっと待っ……ダ、ダメよ、タッくん！　だって……今日は仕事なのに、こんな朝っぱらから——んっ！　ダ、ダメだってばぁ……」

抵抗する私を無視して、彼の手が私の肌を優しく撫《な》でていく。首筋にキスをされると痺《しび》れるような感覚がし、全身から力が抜けて抵抗することもできなくなってしまう。彼の大きく骨張った手が、やがて私の体へと――

そこで――目が覚めた。
羞恥と自己嫌悪《けんお》で死にたくなった。
「〰〰っ」
な、なんて夢見てるのよ、私は⁉
恥ずかしい！
猛烈に恥ずかしい！
こんなエッチな夢見ちゃうなんて……よ、欲求不満みたいじゃない！
そして。
なにより……なんか全体的にフワッとしてるところが、すごく恥ずかしい！
エッチな夢を見たのに細部がすっごくあやふや。
肝心なところが全く描写されていない。
直接的な部分は見事にカットされている。

まるで少年誌みたい。

だ、だってしょうがないでしょ！

したことないんだから！

見たことないんだから！

タッくんのアレを見たことなんて……いや、厳密にはあるんだけど。

昔一緒にお風呂《ふろ》入っちゃったことあるんだけど！

でも……あのとき見たのはかわいらしい蕾《つぼみ》みたいなモノだったけど、今のタッくんはきっと、もっと男らしい感じに——

「いやいや、な、なに妄想してるのよっ、もう！」

ぶんぶんと首を振ってセルフツッコミ。

「……そうよ。なにもなかったのよ。なにかあるはずなんてないのよ。私達はちゃんと、それぞれの別の寝床で——」

「……ん。綾子《あやこ》さん……？」

脳内にこびりついた生々しい映像を振り払おうと、ベッドの上で一人ブツブツ言っていると、隣の布団《ふとん》で寝ていたタッくんが目を覚ました。

ゆっくりと上体を起こす。

一瞬ドキっとするけど、当然、パジャマ姿だった。

裸であるわけがない。

「あっ。ごめん、タッくん、起こしちゃった？」

「いえ……ちょうどいい時間ですし」

枕元のスマホを確認しつつ言うタッくん。

私も確認すると、時刻は朝の六時五十分。

目覚ましをかけていた時間が七時だったので、まあ、ちょうどいいと言えばちょうどいい時間だろう。

「ごめんね、なんか変な夢見ちゃって……」

「変な夢……？」

「……あっ」

「すごい焦《あせ》ってたみたいですけど、どんな夢見たんですか？」

「な、なんでもない、なんでもない！　全然、大したことない夢で……も、もう忘れちゃったなー。さっぱり覚えてないなあ」

必死に誤魔化しつつ、私はベッドから降りた。

身支度を整えつつ、二人で朝食を用意する。

トースト、目玉焼き、ヨーグルト……という簡単なメニュー。

テーブルに向かい合って座り、二人で一緒に食べ始める。

これが、同棲《どうせい》初の朝食。

「タッくんは、目玉焼きは醤油《しょうゆ》よね」

「はい。綾子《あやこ》さんもですよね」

「うん」

順番に醤油《しょうゆ》をかける。

交際してからはまだ日が浅い私達だけれど、付き合い自体はかなり長い。

一緒に食事をしたことは何回もあるし、互いの好みや趣味嗜好《しこう》は、ある程度把握している。

でも。

今この瞬間は、今までの食事とはまた違う気がした。

「なんだか……新鮮よね。タッくんとこんな風に朝ご飯食べてるなんて」

「そうですね。朝食は何度か一緒に食べてますけど、大体いつも美羽《みう》が一緒でしたし」

「二人きりで朝ご飯食べるのは、これが初めてよね」

私が言うと、タッくんは頷《うなず》く。

「もしかすると、恋人同士の朝ご飯って……少し特別なのかもしれませんね」

「特別？」

「昼とか夜なら、付き合いたてでも一緒に食べたりするじゃないですか。なんなら、恋人じゃない相手とでも普通に一緒に食べますし。でも朝食は……家族以外とは滅多に食べるものじゃなくて。恋人同士でも、結構関係性が進んでからしか一緒できないものっていうか……」

「……確かにそうかもね」

共感したので、私は深く頷《うなず》いた。

「朝ご飯を一緒に食べるってことは、夜を一緒に過ごしたって意味なのよね。カップルが夜を共にしたってことは、つまり——……っ」

途中で台詞《せりふ》を止めるも、だいぶ遅かった。

タッくんが顔を赤くしてしまい……そしてたぶん、私の顔もだいぶ赤くなっていると思う。

「……ごめんなさい、朝から変なこと言って」

「う、ううん、だいじょぶ！　わ、私こそごめん……」

タッくんは上手に言葉を濁してロマンチックな表現にしてくれたのに、私が思いきり直接的に表現して下品な感じになっちゃった……。

しまったぁ……。

やや気まずい空気になりながらも。

私達は付き合って最初の、ちょっと特別な朝食を満喫した。

早く起きたから焦《あせ》らなくても大丈夫と思ってのんびりしていたら、結局時間がギリギリになってしまったという、よくあるパターン。

まずいまずい。

初日から遅刻はさすがにまずい。

この部屋から会社に行くのは今日が初めてなんだから、迷うことも想定して少し早めに出ようと思ってたのに……。

洗面所でスーツに着替えてメイクを済ませた後、キッチンに顔を出す。

ちょうど洗い物が終わったみたいで、タッくんは手を拭いているところだった。

「ごめんね、タッくん。洗い物お願いしちゃって」

「気にしないでください。今日は俺、なんも予定ないですから、このぐらいやりますよ」

笑って言うタッくん。

インターンが始まるのは明日からという話だった。

「家事と荷物整理、できるだけやっときますから。あと、いろいろ足りないものも買ってくるんで、なにか欲しいものあったら連絡してください」

「ありがとう。すっごく助かるわ」

小走りで玄関に向かい、パンプスを履く。

タッくんもお見送りに来てくれた。

「じゃ、行ってきます」

「行ってらっしゃい」

「……ふふっ」

思わず笑いが零《こぼ》れてしまう。

「どうしたんですか？」

「なんだか不思議な気分だから。まさかタッくんに『行ってらっしゃい』って送り出される日が来るなんて」

「確かに、ちょっと変な感じがしますね」

タッくんも頷《うなず》きつつ笑った。

本当に──変な感じ。

でもそのうち、こんな状況にも慣れていくのだろうか。

三ヶ月も一緒に暮らしていたら──あるいは、いつか一緒に暮らしたら。

どこかむず痒《がゆ》いようなこの状況が、ごく普通の日常に──

「……あの、綾子《あやこ》さん」

笑っていたタッくんが、急に真面目な顔となって言う。

「ここは……同棲《どうせい》したカップルらしい朝のイベント、やってもいいでしょうか」

「朝のイベント……？」

首を傾《かし》げる私だったが、少し考えてすぐに思いつく。

「ま、まさか──」

「その、なんていうか、行ってきますのキス、的なもの……」

段々と声は小さくなっていくも、肝心な部分はしっかりと聞こえた。

ボッと火がつくように顔が熱くなる。

「えー、あー……タッくん、そ、そういうのやりたいタイプ？」

「やりたいかやりたくないかで言えば……まあ、やりたいですよね、普通に」

「へ、へー……、そうなんだぁー……、普通にやりたいんだぁー……」

「綾子《あやこ》さんは嫌ですか？」

「い、嫌ってわけじゃないけど……」

「……じゃあ」

「ちょ、ちょっと待って！　待って待って！　やっぱり……は、恥ずかしくない!?　すっごくラブラブなカップルみたいで……浮かれすぎっていうか」

「いいんじゃないですか、浮かれてても」

誰も見てないですし。

と言って。

タッくんは私の肩を掴《つか》み、ゆっくりと顔を近づけてきた。

少々強引な気はしたけれど、でも文句なんて言えるわけもなく……私は一切の抵抗を示さないまま、静かに目を閉じた。

やがて——唇と唇が触れる。

別に、キスはこれが初めてってわけじゃない。

一番最初は私が暴走しちゃったやつで、昨日までのイチャイチャ一週間でも何度か経験している。

でも、まだまだ全然慣れない。

心臓は信じられないぐらいに暴れ出し、胸は甘い気持ちで満たされて全身が蕩《とろ》けそうになってしまう——

「…………」

キスが終わってから目が合うと、なんとなくお互いに視線を外す。

「……やっぱり、ちょっと恥ずかしいですね。朝からなにやってんだろって感じで」

「だ、だから言ったのに……！」

「はは、すみません」

軽く笑った後、タッくんはまたまっすぐ私を見つめる。

「行ってらっしゃい」

「……うん。行ってきます」

挨拶を終えて、今度こそちゃんと玄関を出た。

顔が熱い。

唇にはまだ感触が残ってる気がするし、頭はボーッとしちゃう。

はあ……。

朝からこんな幸せで、私、今日ちゃんと仕事できるのかしら？


朝からのイチャイチャで浮かれモードに入ってしまった私の思考回路だったけれど――その後の満員電車で、頭は一気に社畜モードへと切り替わった。

キッツ……。

満員電車、キッツ……。

物理的にも精神的にもキツい。

普段は移動の大半が車で、ほとんど電車に乗らずに生活している東北県民には、東京の満員電車は本当にキツいものがある。

まあそうは言っても通勤ラッシュのピークは過ぎている時間帯で、体を押されるようなぎゅうぎゅう詰めってわけではない。だからこの程度で文句を言っていたら毎日『本物』の満員電車で通勤しているサラリーマン達に笑われてしまうかもしれないけれど……それでも辛《つら》いものは辛《つら》い。

幸せな見送りから、地獄の電車通勤を経て、会社に到着。

株式会社『ライトシップ』

雑居ビルの五階が、我が社のオフィスとなっている。

今までも何度か来たことはあるけれど、こんな風に朝から普通に出社するのは今日が初めてだった。

これから三ヶ月、こんな毎日が続くんだろう。

「……よし」

決意新たに、私はビルへと足を踏み入れる。

さあ、お仕事の始まり始まり。

まずは――挨拶回り。今日から新しい環境で働き始めるわけだから、その辺はきっちりしないとね。

顔なじみの人に挨拶して、初めて見る人にも挨拶して、オンライン会議では顔見たことあるけど直接会ったことはなかった人にも挨拶をして。

そうこうしていると、あっという間に午前中が終わってしまった。

外にお昼を食べに行こうと思っていると、

「——やあやあ、歌枕《かつらぎ》くん」

重役出勤をしてきた狼森《おいのもり》さんとばったり出くわした。

まあ重役出勤と言っても、うちの会社は割と勤務時間の融通が利《き》くので、いつ出社するかは個人の自由。そしてその自由な社風の中、一番自由に働いているのが社長であるこの人だったりする。

「これからお昼かい？」

「そうです」

「よし。だったら一緒に行こうか」

「奢《おご》りならば喜んで」

即断即決で一緒にランチが決定。

……この人、出勤して即ランチって謎のことしてるなあ、とは思うけど、奢《おご》ってもらえるのが嬉《うれ》しいのでなにも言わないことにする。

「どうだい、調子の方は？」

エレベーターで一階へと降りる途中、ふと狼森《おいのもり》さんが尋ねてきた。

「まだ大して働いてませんから、なんとも。午前中は挨拶だけで終わっちゃいましたし」

「そうじゃなくて——左沢《あてらざわ》くんとのラブラブ同棲《どうせい》生活のことだよ」

ぶっ、と噴き出しそうになる。

狼森《おいのもり》さんは至極楽しそうな目で私を見つめていた。

「若い彼氏と一晩明かした感想を、是非とも聞かせてほしいものだね。さすがの私も、十歳以上年下の男とは経験がないからさ」

「なにもありませんっ。普通っ、普通でした！」

「またまた。付き合いたてのカップルが同じ部屋で一夜を共にして、なにも起きないはずがないだろう？」

「知りません。仮になにかあったとしても狼森《おいのもり》さんには教えません」

「ほほう。家主に対してそんな態度でいいのかな」

「家主にだってプライベート詮索する権限はありません」

「ふふん。まあいいさ。この手の話は日が高いうちにすることでもないだろう。いずれまた、酒でも飲みながらゆっくりたっぷり、根掘り葉掘り聞かせてもらうとしよう」

恐ろしいことを言われ背筋が寒くなった。

エレベーターが一階に着いた瞬間、逃げるように早足で降りる。

狼森《おいのもり》さんもクスクス笑いながらついてきた。

「そういえば、今日は左沢《あてらざわ》くんはどうしてるんだい？」

「家にいますよ。家事とか買い物とか、いろいろやってくれるみたいです」

「へえ。なかなか使える男じゃないか。今度、私の家にも来てもらおうかな」

「ダメです。タッくんはハウスキーパーじゃないので」

「いいじゃないか、たまにはレンタルしてくれても。最近、掃除も洗濯も自分でするのが億劫《おっくう》で億劫《おっくう》で」

「ダメですってば。まったく……狼森《おいのもり》さんは——」

プライベートがズボラすぎる上司に軽く説教でもしてやろうかと思ったところで、ふと頭に引っかかるものがあった。

掃除と……洗濯？

タッくんが今日、部屋で一人家事をやってくれてるってことは——

「……ああーっ⁉」

とんでもないことに気づいた私は、素《す》っ頓狂《とんきょう》な叫びを上げて足を止める。

ギョッとする狼森《おいのもり》さんを尻目に、大急ぎでスマホを取り出した。

『もしもし。どうしました、綾子《あやこ》さん？』

「タ、タッくん⁉　今、どこにいるの？」

『どこって……家、ですけど。一通り家のことは終わったから、これから昼飯がてら買い物に出かけようかと思ってたところで』

「ひ、一通り……ってことは、洗濯はもう、終わってたりする？」

『はい。さっき全部干し終わりました』

あっさりと言われ、頬が引《ひ》き攣《つ》るのを感じた。

『今日天気がいいから、早めに干しちゃいたくて』

「あの……その、タッくん？　洗濯をやってもらえたこと自体は、すごく嬉《うれ》しいし、ありがたいんだけど――わ、私の下着ってどうした？」

『……そ、それは』

電話口からは露骨に困ったような声が返ってきた。

数秒の沈黙があってから、

『えっと……洗いました』

と、タッくんは言った。

私は……膝から崩れそうになる。

終わった。

完全に終わった。

気づくのが遅すぎた。

昨日一日着用していた下着――お風呂《ふろ》上《あ》がりに、脱衣カゴに入れてそのままだった。そのときは同棲《どうせい》初夜のことで頭がいっぱいで、誰が洗濯をするかまでは頭が回らなかった。

ど、どうしよう。

タッくんに下着を洗われちゃった。

洗われたってことはつまり……昨日一日着用していたブラジャーとパンツを、思い切り見られて、思い切り触られてしまったってことで――

『す、すみませんっ。すごく迷ったんですけど……勝手に洗うのはよくないかなって。でも他を洗って下着だけ避けて放置しておくのも、それはそれで意識しすぎてて逆に気持ち悪いような気がして』

「………」

『け、決して変なことはしてませんから！　極力見ないようにして、必要最低限の接触だけで洗ったつもりです！　洗い方も調べて、ちゃんとネットに入れて形崩れしないようにしてましたし、干すときも外からは絶対に見えないようにして……』

「……う、うん。大丈夫」

どうにか平静を装《よそお》うも、結構メンタルに来ている。

下着を見られるだけでも恥ずかしいのに、きちんと洗濯されてしまうなんて。

恥ずかしいやら申し訳ないやら、すっごく複雑な気分……。

「ごめんね、私の下着なんか洗わせちゃって。嫌だったわよね」

『そんな……！　嫌なわけないじゃないですか！　俺、綾子《あやこ》さんの下着だったら毎日喜んで洗いますよ！』

「………」

えっと。

どういう意味なのかしら？

……うん。うんうん、別に深い意味はないわよね。ただ同棲《どうせい》中の彼氏として、パートナーの下着ぐらいは普通に洗うよ、って意味よね。

「……はあ」

電話を終え、ドッと疲れた息を吐き出すと、

「ふふっ。ずいぶんと初々《ういうい》しい同棲《どうせい》を満喫しているようだね」

隣の狼森《おいのもり》さんがからかうように言った。

「懐《なつ》かしいなあ。下着程度でいちいち恥じらっていたのなんて、私にとってはもうずいぶんと昔の話になるよ」

「……ほっといてください」

つっけんどんに言い返すも、やはり狼森《おいのもり》さんは笑う。

「嬉《うれ》し恥《は》ずかしの同棲《どうせい》生活を満喫しているようでなによりだけれど——でも、そろそろ頭のチャンネルを切り替えることをオススメするよ」

ふと、声のトーンを落として。

釘《くぎ》を刺すように、あるいは挑発するように、狼森《おいのもり》さんは言った。

「昼食の後には——いよいよ『本読み』が始まるわけだからね」

「……はい」

私は静かに頷《うなず》いた。

気恥ずかしさで緩んでいた頭が、一気に引き締まった気がした。

そう。

今日の午後一から、アニメの会議が入っている。

私はその仕事をやるために、ここ東京にやってきたのだ。


『きみの幼馴染《おさななじ》みになりたい』

略称——『きみおさ』

私が担当している作家、白土白士《しらんどはくし》先生が刊行中のライトノベル。

ジャンルはラブコメ。

現在は五巻まで刊行中。

発売当初から高い人気を博し、すでにアニメ化企画が進行している。

世間にその情報が発表されるのはまだ先だけれど、しかしアニメというものは往々にして、世間に情報が出る数年前から水面下で企画が動いているものだ。

私が東京への単身赴任……というかカップル赴任することになったのは、『きみおさ』のアニメに担当編集として全力で関わるため。

今日の仕事は――いわゆる『本読み』。

監督、脚本家、プロデューサー、ディレクター、出版社の編集者やライツ担当……その他《た》
諸々《もろもろ》のアニメ関係者が一堂に会し、一日できあがった脚本について話し合う。

その会議を、業界では俗に『本読み』という。

アニメ化企画が決定となって本格的に動き出すと、『本読み』がほぼ毎週のように行われることとなる。

端的に言って……ものすごーく大事。

アニメのクオリティを大きく左右する、凄《すさ》まじく重要な会議である。

今回のようなラノベ原作アニメの場合、『本読み』における担当編集、すなわち私の役割は
――出版社の代表、そして作者の代弁者となること。

原作者の白土《しらんど》先生は地方住みで毎週の会議には参加できない。

だから私は彼女に代わり、原作サイド代表として発言しなければならない。

様々なアイディアを提案したり、逆に他の人からのアイディアを吟味したり。

そして時には――アニメサイドの人と戦ったり。

アニメという一大プロジェクトを成功させるために、各業界の代表が集まって喧々諤々《けんけんがくがく》と互いの意見をぶつけ合う。

異なる立場の人間達が各々《おのおの》の正義を掲げながら、時に争い、時に歩み寄って、模範解答のない問いに精一杯の正解を作り上げていく。

だからこそ『本読み』は熱いし、盛り上がるし、やりがいがあるし、充実するし、仕事してるなって実感するけど――でも……とっても疲れる。

「……た、ただいまぁ」

時刻は午後七時すぎ――

やっとこさ家に到着した私は、もはや疲労困憊《ひろうこんぱい》だった。

「おかえりなさい。だ、大丈夫ですか？」

心配そうに出迎えてくれたタッくんに応じつつ、靴を脱いで部屋に入る。

「うん……どうにか」

『本読み』が始まったのが、午後の二時。

当初は二時間ぐらいを想定していたけれど……気づけば二時間延長。

午後六時までぶっ続けで会議が続いてしまった。

最初だからとりあえず今日は軽く顔合わせみたいなノリで……という予定だったのに、いざ始まってしまったらとんでもなく議論が白熱してしまったのだ。

私は原作サイド代表として会議のメインどころにいたので、四時間ずっと頭をフル回転させながらしゃべってた感じ。

疲れた。

とにかく……疲れた。

「遅くなってごめんね……。お腹《なか》すいたでしょ？　今すぐなにか作るから」

「夕飯なら、俺、作っときましたよ」

「……え？」

そこで改めてタッくんを見つめて、ようやく気づく。

彼が、エプロンをつけていたことに。

リビングに向かうと——テーブルにはすでに料理が並んでいた。

カルボナーラと、豆腐の入った野菜サラダ。

電車に乗る前に帰宅時間は連絡はしていたから、それに合わせて作ってくれていたらしい。

「すごい、晩ご飯ができてる……！」

感動に打ち震える私。

なにこれ、すごい。

仕事で疲れて帰ってきたら、晩ご飯がすでにできあがってるなんて……！

「お風呂《ふろ》も沸かしておきましたけど、どうします？」

なんとお風呂《ふろ》まで⁉

「え、えっと……とりあえずご飯で」

「わかりました。じゃあスープよそいますね」

そう言うとタッくんはキッチンに戻り、スープの準備を始めた。

「……ごめんね、なにからなにまでやってもらっちゃって」

「なに言ってるんですか。俺は今日一日休みだったんですから、このぐらい当然でしょう」

おたまを片手に、タッくんは言う。

「元々俺、東京では綾子《あやこ》さんのサポートする気でいましたから」

「サポート……」

「インターンがあるっていっても、残業も休日出勤もないですからね。時間的な余裕は俺の方が絶対に多いわけですから、家事でも雑用でもなんでもやりますよ。綾子《あやこ》さんが、少しでも仕事に集中できるように」

「タッくん……」

優秀で優しすぎる彼氏に、涙が出そうだった。

スーツから部屋着に着替え、二人で夕食を食べ始める。

「んっ。このカルボナーラ、美味《おい》しいっ」

一口食べた瞬間、思わず感動の声が出てしまった。

「ほんとですか？」

「うん、すごく美味《おい》しい。これ、作るの大変だったんじゃないの？」

「全然ですよ。ＳＮＳで見つけたお手軽料理なんで。動画見ながら作っただけです」

「本当にすごいわね、タッくんは。家事も料理も、なんでも一人でできて。とても実家暮らしの大学生とは思えないわ」

「褒めすぎですって。このぐらい普通ですから。それ言い出したら、綾子《あやこ》さんの方がよっぽどすごいでしょう？　家事も料理も全部俺よりできるんですから」

「え、ええ？　私なんて全然よ。普通普通」

互いに褒め合い、謙遜し合う私達だった。

タッくんの手料理を満喫し、洗い物も済ませた後、

「やっぱり、仕事大変なんですか？」

二人でソファに座ったタイミングで、タッくんが心配そうに問うてきた。

「あー……うん。ちょっと今日は大変だったかな」

曖昧に笑いつつ、私は言う。

「『本読み』……あっ、えっと、アニメの脚本について話し合う会議があったんだけど、それがかなり白熱して長引いちゃったから……」

「揉《も》めたってことですか？」

「揉《も》めた……って言えば揉《も》めたのかしら？　難しいわよね。別に誰も『アニメを失敗させよう』なんて思ってないんだけど、やっぱりそれぞれの立場っていうのがあるから」

アニメサイドにはアニメサイドの、出版社には出版社の、そして原作者には原作者の、それぞれの正義と事情が存在する。

誰かが正しいわけではなく、全員が正しい。

だからこそ『本読み』で意見を摺《す》り合《あ》わせることが大切なのだ。

「今まで話には聞いてて、面白そうだからずっと参加してみたかったんだけど……やっぱり人から聞くのと自分でやるのじゃ大違いよね……。明後日《あさって》には『本読み』とは別に、販売戦略について全体で話し合う『宣伝会議』も入ってるし……」

いざ参加してみてわかったけど、予想以上に私の責任は重大。

東北にいたままだったら、とてもこのポジションにはいられなかっただろう。

「大変そうですね……」

「うん……あっ、でも、もちろん楽しいことも多いわよっ。意見がぶつかることで、自分だけじゃ絶対に思いつかなかったアイディアが生まれたりもするから」

このままじゃ愚痴を言うだけになってしまうと思い、私はプラスの話も付け足した。これからインターンを始めるタッくんに、仕事の辛《つら》い部分ばっかり話すのも気が引けるしね。

「今回メインで脚本をやってくれるのが、杉沢寿《すぎさわひさし》さんっていうベテランの方でね。私、前々から好きな脚本家さんだったから、一緒に仕事できるのが嬉《うれ》しくて嬉《うれ》しくて」

「へえー」

「直接話したのは今日が初めてだったんだけど、本当にいい人だったなあ。すごい実績の持ち主なのに、謙虚で物腰が柔らかくて。今回の脚本も、原作の魅力を丁寧に引き出しながら、アニメならではの見せ方を意識して絶妙な改変を入れたりしてて……私、なんだかますますファンになっちゃった」

「……そう、ですか」

脚本家の魅力を熱く語ってみるも、タッくんの反応はイマイチだった。

最初は楽しそうに聞いていてくれたのに、徐々に表情が険しくなる。

あれ？　どうしたんだろう？

こっちの業界の話は、あんまり興味がなかったのかな？

「その、杉沢《すぎさわ》さんって人……男性ですか？」

「へ？　え、ええ、そうよ。杉沢寿《すぎさわひさし》って、そのまま本名らしいから」

答えると、タッくんはまた少し表情を険しくした。

ふて腐れたような、拗《す》ねたような、そんな顔。

うん？

なんで杉沢《すぎさわ》さんの性別が気になるのかしら？　タッくんって脚本家や作家の性別で偏見を持

っちゃうタイプのオタクだったの？

そうでもなきゃ杉沢《すぎさわ》さんの性別を気にする理由なんて――

「……あっ。も、もしかして」

ふと思い至って、私はつい予想を口に出してしまう。

「タッくん――嫉妬してるの？」

「……っ」

ギクリと身を強《こわ》ばらせ、バツの悪そうな顔となるタッくん。

「べ、別に嫉妬ってわけじゃないですよ……。ただ、綾子《あやこ》さんがあんまりその人のこと褒めるから、ちょっと面白くなかっただけで……」

「……それを世間では嫉妬っていうんじゃないかしら？」

やっぱり嫉妬だったみたい。

私が他の男の人のことを褒めたから、それで少し拗《す》ねてしまった。

うわ。

どうしよう、私、嫉妬されちゃった……！

えー、なにこの、フワフワとした気持ち。

こんなこと言ったら悪いかもしれないけれど――なんだか少し嬉《うれ》しい。

それに。

嫉妬で拗《す》ねちゃったタッくんが……ちょっとかわいい。

「……もう、バカね」

私は小さく笑って、ソファに座ったまま手を伸ばした。

相手の手を、優しく握る。

「杉沢《すぎさわ》さんのことは、一人の脚本家として尊敬してるだけ。男としてはなんとも思ってないから。それに……杉沢《すぎさわ》さん、結婚してるしね」

「え？　そ、そうなんですか」

「うん。三人も子供がいるのよ」

タッくんを安心させるため、私はさらに続ける。

「そもそも杉沢《すぎさわ》さんって結構なベテランで、年は私より十ぐらい上だからね。全然恋愛対象じゃないわよ」

「結構年上だったんですね」

「十も違ったら完全に別世代だもん。そんな人、好きになるわけないでしょ？」

「そうですよね。それだけ年齢差あったら、話も価値観も合わなそうですし」

「そうそう。仮に付き合ったって絶対に上手《うま》くいかないわよ」

「いろいろ難しそうですね」

「うんうん、難しい難し――……」

「…………」

「…………」

全く同じタイミングで、ずーん、と激しく絶望する私達。

二人同時に気づいたらしい。

嫉妬を軽く笑い飛ばすつもりが……壮絶な自虐で自分達を刺していたことに。

しまった。

十歳以上年が離れてるのは私達も同じだった！

完全に別世代で、話も価値観も合わなそうな年の差恋愛だった！

ああ、やっちゃった……『付き合ったって上手《うま》くいかない』とか、『難しい』とか言っちゃった。なにこの特大ブーメラン……。

「……大丈夫ですよ」

落ち込み続ける私に、タッくんが言った。

私が握った手を、優しく握り返しながら。

「俺達ならきっと上手《うま》くいきます。十歳ぐらいの年の差なんて、些細《ささい》なことですから」

「……うん。そうよね」

言葉が深く胸に染《し》みていく。

たとえば他の人に『年の差なんて些細《ささい》なこと』とか言われたら、なにも心には響かなかっただろう。他人事《ひとごと》だと思って適当に応援して、としか思わない。

でも。

他ならぬタッくんの言葉なら、信じられる。

きっと誰よりも、私との『年の差』について考えてきたはずだから。

十歳という隔たりについて、十年間悩み続けてきた。そんな彼が『些細《ささい》なこと』と言ってくれることが、今はとても嬉《うれ》しく、そして心強かった。

「……ねえ、タッくん。なにかして欲しいことない？」

「して欲しいこと？」

「私のために、ご飯やお風呂《ふろ》用意してくれたでしょ？　だから、なにかお返しがしたいなあ、って。ご褒美《ほうび》的なこと」

「そんな……いいですよ。このぐらい、普通のことですから」

「そう言わずに。なにかしてあげないと、私の気が済まないから」

「……じゃあ」

少し悩んだ後に、タッくんは言う。

「ギュッてしていいですか？」

「……え？」

「綾子《あやこ》さんのこと、思い切り、ギュッてしたいです……」

問い返すと、タッくんは恥ずかしそうに、しかしはっきりと言葉を繰り返した。

聞き間違いではなかったらしい。

かぁっ、と頬が熱くなるのを感じる。

な、なにを言ってるんだろう、この子は？

「それは……いわゆる、ハグ的な感じの」

「は、はい。できるなら、いつもより……少し激しめに」

「あー……、えー……？　ほ、ほんとに？」

「はい」

「ご褒美《ほうび》、それでいいの？」

「それがいいんです」

「……ダ、ダメよ。だって今は、タッくんのご褒美《ほうび》のことを言ってるのよ？　それなのに、ギュッてしたいだなんて……」

恥ずかしさの余り、私はつい、思ったことをそのまま言ってしまう。

「そんなの、私のご褒美《ほうび》になっちゃうじゃない」

「……。……っ」

一瞬の間があった後、タッくんが勢いよく抱きついてきた。

ギュッ、と。

言葉通り、いつもよりやや激しめに抱きついてきた。

「えっ、えええーっ⁉」

「……ダメですよ、綾子《あやこ》さん。そんなかわいいこと言っちゃ」

「か、かわいいって……別に私は、そんな……。もう、タッくんったら」

表向きはちょっと嫌がる感じを出してしまう私だったけれど、口元がにやけるのを抑えることはできなかった。

東京に来て、お仕事初日。

慣れないことが多くなにかと大変だったけれど……優しい彼氏のおかげで、仕事の疲れなんて全部吹っ飛んでしまった。

第五章
過去と再会

♠

東京に来てから三回目の朝。

目を覚ますと、隣のベッドに綾子《あやこ》さんの姿はなかった。

時刻は——朝の六時五十分。

目覚ましがなる前に自主的に目覚めたわけだが、どうやらそんな俺よりも先に、綾子《あやこ》さんは行動を開始しているらしい。

なんとなく申し訳ない気がして、慌てて起きる。

布団《ふとん》を畳んで急ぎリビングに向かおうとするが——そこで、ふと考える。

待てよ。

ここで焦《あせ》って行動するのは、もしかしたら悪手かもしれない。

なぜなら俺達は今——1LDKで同棲《どうせい》しているのだから。

二人で暮らすにはなにかと手狭で、自分専用のスペースなんてほとんどない。

無思慮のまま生活していれば……うっかり相手のプライバシーを侵害してしまうことも多々あるだろう。

たとえば、着替え。

たとえば、トイレ。

たとえば、お風呂《ふろ》。

そういったセンシティブな場面にばったり遭遇してしまう危険性がある。

幸いなことに今日までは、どうにかその手のハプニングを起こさずにやってくることができた。できるならこれからも起こさずにいきたい。

……そりゃまあ、ちょっと期待してる部分がないとは言えない。俺だって一人の男だ。好きな人の恥ずかしい姿は……正直、見たい。

同棲《どうせい》するとわかってから、そんな妄想は山ほどした。お風呂《ふろ》や着替えで嬉《うれ》し恥《は》ずかしのラッキースケベ的イベントを期待する気持ちが全くないと言えば、やはり嘘《うそ》にはなってしまう。

でも。

でも、だ。

そんな邪《よこしま》な感情に身を任せるわけにはいかない。

二人で暮らす共同生活だからこそ、なによりも気遣いが大事だと思う。

できる限り相手のプライバシーは尊重しなければならない。

ラッキースケベなんて、避けられるなら避けた方がいいのだ。

「……ふー」

一度深く呼吸し、頭をしっかり目覚めさせる。

そして——考える。

今このシチュエーションで想定されるハプニングは……トイレと着替えだろう。

トイレは入るときにしっかりノックすれば問題ない。

着替えも……同じく洗面所に気をつければ大丈夫だろう。

1LDKの同居生活——相手に見られないように着替える場合、寝室か洗面所かのどちらかを使うことになる。

寝室は今、俺がいる。

となれば綾子《あやこ》さんが着替える場合、洗面所を利用するしかない。

要するに。

トイレと洗面所の扉さえしっかりノックすれば、ラッキースケベイベントは百パーセント回避できるはずだ。うん、間違いない。

「………」

あれ。おかしいな。なぜ俺は、こんなに必死こいてラッキースケベを回避しようとしているんだろうか？

俺はもう綾子《あやこ》さんの彼氏なのだから、もしかしたら着替え程度、ついうっかり目撃してしまっても許される身分なのかもしれないけれど……でも、うーん……うーん。やっぱり避けよう。

うん、避けよう。

まだまだ日が浅い彼氏なのだから、極力紳士であろう。

そんな決意と共に、俺は寝室の戸を開ける。

すると――

リビングで綾子《あやこ》さんが着替えていた。

寝室の戸を開けて、すぐそこ。

つまりは、目の前。

かなりの至近距離に、着替え中の彼女がいた。

タイミングがいいのか悪いのか、着替えはかなり進んでいて、パジャマは半分以上脱ぎ終わっていた。

ズボンはすでに穿《は》いていない。

臀部《でんぶ》を覆う黒い下着と、真っ白な太ももが目に飛び込んでくる。

しかし下半身以上に視線を釘付《くぎづ》けにするのが――上半身。

上着のボタンは半分以上が開いていて、深い深い谷間が覗《のぞ》く。

圧倒的な存在感と重量感を誇る、豊満な胸部。

普段ならば下着に包まれているはずだが――しかし今は、本来そこにあるべきはずの拘束具

が存在しなかった。

従って乳房は重力に従いながら、彼女の仕草に合わせて量感たっぷりに揺れ動く。ほんの少しでも上着がズレれば、先端まで全てが見えてしまいそうで――

「――きゃあっ」

「わっ。ご、ごめんなさいっ」

悲鳴で我に返った俺は、慌てて戸を閉めた。

心臓はバクバク言っている。

頭には綾子《あやこ》さんの扇情的な姿がはっきりと焼き付き、興奮で頭に血が上る……反面、どこか脱力感にも似た感情も芽生えつつあった。

「……リビングで着替えてたパターンかぁ……」

小声でぼやきつつ、深く息を吐き出す。

そのパターンは想定していなかった。

一つ屋根の下での同棲《どうせい》生活。

ラッキースケベを回避するのは、なかなか難しいらしい。

朝食を食べているときでも、まだ若干の気まずさがあった。

「あの、綾子《あやこ》さん……さっきは本当にすみませんでした」

「い、いいのよっ。そんなに謝らないで」

テーブルの向かいで、ぶんぶんと手を振る。

「こっちこそ、ごめんね。ちゃんと洗面所で着替えればよかったんだけど……なんていうか、その……め、面倒臭くなっちゃって。タッくん寝てるし、いいかなと思って」

恥ずかしそうに、申し訳なさそうに言う綾子《あやこ》さん。

お互いに謝り合って、これで話は終わり——かと思いきや。

「……そ、それでね、誤解されると嫌だから、ちゃんと言っておこうと思うんだけど」

どこか覚悟を決めた顔で、綾子《あやこ》さんは言う。

「私、いつもノーブラで寝てるわけじゃないからねっ！」

これだけは譲れない、という気迫がこもった声だった。

え。

まだ続けるの、この話。

やっと落ち着いて朝食が食べられると思ったのに。

しかし……ノーブラの話題が多いな、綾子《あやこ》さん……！

俺達が付き合い始めたときもノーブラだったし……。

「普段はちゃんと、ナイトブラつけてるの」

「ナ、ナイトブラ……」

確か、女性が寝てるときにつける用のブラジャーだっけか？

「昨日はたまたま、寝てるときに寝苦しくて取っちゃっただけでね……。決して、決して……いつもノーブラで寝てるわけじゃないから。そんなだらしない女じゃないから」

早口で念を押すように言う。

俺としては寝てる間ノーブラだったところでだらしないとは思わないし、なんならむしろノーブラスタイルを強く推奨したい気分だけれど……女性として、なにか譲れないものがあるらしい。

「た、大変なんですね、女の人って。寝てる間もブラジャーつけないといけないなんて」

「そうね……。つけない人も多いみたいだけど……えっと、その、私ぐらいサイズがあると、寝てる間に形が崩れちゃったりするから……」

言いにくそうに言われ、思わず視線が胸に吸い込まれそうになるも、鋼の理性で必死に視線を逸《そ》らす。

そういえばナイトブラは、大きい人ほどつけた方がいいんだよな。

だとすれば……うん。綾子《あやこ》さんはつけた方がいいのだろう。この人がつけなきゃ誰がつけるんだって話だからな。

「はあ……。ほんと、大きいのも考えものよ。重いし、肩凝るし、水着もブラもなかなかサイズ見つからないから、高いもの買うしかないし」

「ああ、確かに綾子《あやこ》さんのブラ、結構高いブランドのやつでしたね」

「そうなのよ。別にね、好きでハイブランドを身につけてるわけじゃないのよ？　とにかくサイズがないから——」

最初は深く頷《うなず》いていた綾子《あやこ》さんだったが、途中で思案顔となり、

「……ね、ねえ、タッくん」

と訝《いぶか》しそうに問うてくる。

「どうしてタッくんが……私のブラジャーのブランドを知ってるの？」

「——っ」

やっべ。

しまった。完全に余計なこと言った……！

「えっと……それ、は……」

「……………」

「こ、この前洗濯したときにタグを見て……それで、ネットで調べたりして」

視線の圧力に負けて正直に言うと、綾子《あやこ》さんは顔を赤くした。

「わ、わざわざ調べたんだ……」

「いやっ、違うんです！　変な意味じゃなくて、洗い方を調べたくて！　間違った洗い方で傷

んだりしたら大変だから、ちゃんと公式の推奨する洗い方を調べようと思って……ほ、本当にそれだけなんです！」

必死に言い訳するも、綾子《あやこ》さんはジッと睨《にら》んでくる。

「……タッくん、極力見ないで洗ったって言ってたのに」

「タ、タグだけです。もうタグしか見てなかったです。タグ以外の部分なんて全く記憶に残ってないです」

「……仮にそれが本当だったとしても──タグはばっちり見たのよね？」

「…………」

「じゃあ……わ、私の胸のサイズとかも……」

「……し、視界には入ったかもしれないけど、記憶には残ってないですね。本当に俺は、ただ洗い方のためにブランドを知りたかっただけなんで」

「嘘《うそ》よ。見たに決まってるわ。もうわかってるんでしょ？　私が……Gカップだって」

「え？　いや……Gじゃないですよね？　その数段上で──あっ」

誘導尋問に引っかかったことに気づいたときは、もう遅かった。

綾子《あやこ》さんはますます顔を赤くして、瞳に羞恥と怒りの炎を燃やす。

「やっぱり……！」

「いや、その……ご、ごめんなさい」

は、なんだかとてもかわいらしかった。
　こんなことを言ったらもっと怒らせてしまうかもしれないけれど、恥ずかしそうに怒る彼女
　拗《す》ねたように呆《あき》れたように言う綾子《あやこ》さん。
「……もうっ。タッくんのエッチ」

　慌ただしい朝食の後は、急いで仕事の準備に入る。

　と言っても、綾子《あやこ》さんの方は今日は午後から出社するらしい。

　だから準備をしなければならないのは──俺の方だ。

「……わあっ」

　着替えを終えて寝室から出ると、俺の姿を見た綾子《あやこ》さんが目を輝かせた。

「久しぶりに見るわね、タッくんのスーツ」

「成人式以来ですね」

　苦笑しつつ、自分の姿を見下ろす。

　大学に入学するタイミングで買ってもらった、スーツ一式。就職活動でも使えるようにと、
無難なデザインのものを選んでおいた。

「なんかまだ慣れなくて、ちょっと恥ずかしいんですけど」

「ううん、気にすることないわよ。タッくん、背が高くて肩幅が広いから、スーツがよく似合うわ。私は……うん、好きよ、タッくんのスーツ姿」

「はは。ありがとうございます」

お世辞なのかもしれないけど、褒められて悪い気はしなかった。

「でも……インターンなのにスーツで行かなきゃなの？　『リリスタート』さんって、そんなかっちりした会社じゃなかったと思うけど」

「……一応、『服はなんでもいい』って言われてるんですけど、まあ、そうは言っても初日ぐらいはスーツで行こうかと思って。『平服トラップ』の可能性もありますし」

「平服トラップ？」

「就活の面接とかで、『平服でお越しください』と書かれているからって、普段着で行くと恥をかくやつです」

俺自身経験したことはないが、就活マニュアルなどを読めば往々にしてこの『平服問題』について言及されている。

就職活動の場合、企業側が言う『平服でお越しください』はあくまで謙遜であり、こちらはその裏を読んでスーツ、またはそれなりの正装で行くのがマナーだと言う。

大変面倒臭い話だが、それが社会のマナーならば従う他ないのだろう。

「あそこなら大丈夫だとは思うけど……まあ、そうね。スーツで行っておけばまず間違いはな

いからね」

　それから綾子《あやこ》さんは改めて俺のスーツを見つめるが、首元で視線が止まる。

「あら？　タッくん、ネクタイ、少し曲がってるわよ」

「え……ほんとですか？」

「うん。ちょっとだけど」

　手で確認してみるも、イマイチよくわからない。

　ネクタイ自体久しぶりに締めたし、寝室には鏡がなかったのもあって、なかなか上手《うま》くはできなかったようだ。

「貸してみて」

　俺が直すのに手間取っていると、綾子《あやこ》さんが手を伸ばしてきた。やや恥ずかしかったけど、顎を少し上げて彼女に身を任せる。

　しなやかな指先がネクタイの位置を直していく。

　自然とお互いの顔が近くなり、妙な気恥ずかしさが生まれた。

「……前も、こんな風にタッくんのネクタイ直したこと、あるわよね」

「ありましたね。確か、俺が高校に入学したばっかりの頃」

「あの頃は……なんにも思わずに直してた気がする」

　思い出す。

あの頃の綾子《あやこ》さんは、俺のことなんて近所の子供としか見ていなかった。

だからネクタイも……なんというか、普通に直してくれた。

まるで年の離れた弟や、親戚の子供の衣服を正すかのように。

ごくごく普通に、大人としての自然な対応で。

当時の俺は、そんな彼女の優しさが少しだけ辛《つら》かった。

子供扱いされ、男として見てもらえないことが悔しくて悔しくてたまらなかった。

でも、今は——同じ相手に同じことをしてもらっているはずなのに、こんなにも嬉《うれ》しく心が満ち足りた気分になってしまう。

「今は、なにか思ってるんですか？」

「……へ？」

問うてみると、綾子《あやこ》さんは少し顔を赤くした。

「べ、別に、なにも思ってないけど……」

「新婚っぽいですよね、こういうの」

「……わ、わかってるなら訊《き》かないのっ」

拗《す》ねたように叫んだ後、やや強めにネクタイを締める綾子《あやこ》さんだった。

同じ行為でも、昔と今で全く意味が違う。

俺達の関係性と、お互いの気持ちが変わったから。

そのことが、俺は嬉《うれ》しくて嬉《うれ》しくてたまらなかった。

最高に幸せなモーニングルーティンのおかげで頭はすっかりお花畑状態で、こんな状態で俺は今日ちゃんとインターンをできるのかと思ったが……そんな浮かれた頭は、満員電車で一気に冷静になった。

キツい。

東京の満員電車、キツい。

まあ、綾子《あやこ》さんも今、毎朝同じような状況で通勤しているわけだし、この程度で泣き言を言うわけにはいかないだろう。

電車を降り、駅から吐き出される人々の流れに従って目的地へ向かう。

株式会社『リリスタート』

俺がインターンする会社は、雑居ビルの三、四階にあるらしい。

綾子《あやこ》さんの『ライトシップ』も似たような雑居ビルに入っているというし、都会のベンチャー企業は大体こんな感じなのだろう。

エレベーターで三階まで昇ると、担当の人が出迎えてくれた。

「あー、どうもどうも、いらっしゃい」

にこやかな笑みで言う明るい髪色の男性。

首からかかった社員証には――『吉野《よしの》』と書かれている。

「左沢《あてらざわ》くんだよね？　やーやー、初めまして。吉野《よしの》です」

「初めまして。左沢巧《あてらざわたくみ》です」

深く頭を下げる。

吉野《よしの》さんとは何度か電話では会話していたが、こうして顔を合わせるのは初めてのことだった。

パーマのかかった茶髪とピアス。格好はブランドのロゴTとGパンという極めてラフなスタイル。年は三十代前半と聞いているが、ファッションのせいかかなり若く見える。大学生でもギリギリ通用しそうだ。

「今日からよろしくお願いします！」

「おっ。元気がよくていいねえ。うんうん。大学生はそうじゃないと」

明るく笑って、軽く肩を叩《たた》いてくる。

「じゃあ、ついてきて。最初会議室でいろいろ説明するから」

「はい。失礼します！」

「あはは。そんな緊張しなくていいよ。うちって結構フランクな会社だからさ」

俺の緊張を見透かしたのか、笑い飛ばすように言う吉野《よしの》さん。

「左沢《あてらざわ》くん、インターンとか初めて？」

「はい。御社が初めてです」

「だからそういうのいいって。御社って……面接じゃないんだからさ」

またも笑われてしまう。

うーむ。狼森《おいのもり》さんの紹介だし、万が一にも失礼がないようにとかなり気を引き締めてきたんだけど……どうも勝手が違うっぽいな。

「うちもインターンやり出したのは今年からでさ。当然、俺もインターン生の担当するのは初めてで。だからそんな畏《かしこ》まらなくていいから。気楽にいこう、気楽に」

「はあ……」

「格好もさ、スーツじゃなくていいよ。全然私服でいいから。ていうか俺、『服装はなんでもいい』って言わなかったっけ？」

「い、言われたんですけど……もしかしたら、そう言われたところでちゃんとスーツで来るのが社会人のマナーなのかなと思ってしまって」

「あはは。もう一人の子と同じこと言ってる」

「……え？」

「その子もスーツで来ちゃってさ。そっかそっか。真面目な子は『なんでもいい』って言うと、逆にスーツで来ちゃうんだね。来年からは気をつけないとなあ」

「あの、もう一人って……」

「もう一人のインターンの子だよ。左沢《あてらざわ》くんの他にも、東京の大学の子が一人いるんだ。言ってなかったっけ?」

それは――初耳だった。

まあ、考えてみれば普通のことか。

インターン生が一人という方が珍しい話だろう。

「その子も五分前ぐらいに来たところでさ。まだ少し早いけど、二人揃《そろ》ったならもう説明始めちゃおうかな」

そのまま吉野《よしの》さんについて歩いて行き、促されて会議室に入る。

中にいたのは――女性が一人。

就活生のようにきっちりとまとめた髪と、落ち着いた色のスーツ。

おそらく彼女が俺と同じインターン生なのだろう。

顔は見えないが、背筋をピンと伸ばしたその座り姿からは、十分すぎるぐらいの緊張が伝わってきた。

「ごめんね、一人で待たせちゃって」

「……い、いえ、大丈夫ですっ」

吉野《よしの》さんが声をかけると、彼女は勢いよく立ち上がった。

緊張が滲《にじ》むぎこちない動きで振り返り、こちらを向く。

俺と目が合った瞬間――

「え……」

彼女は目を見張り、俺は息を呑《の》んだ。

「た、巧《たくみ》くん……!?」

仰天した様子で、彼女は言った。

高校時代と同じ呼び方で、俺の名を呼んだ。

だから――だろう。

俺もつい、引っ張られてしまう。

高校時代の記憶に。

「あ、有紗《ありさ》……?」

にわかには信じられない。が、間違いない。

髪型もメイクも格好も、高校時代とはなにもかもが違うが――でも、驚いたときの声や表情は、昔と全く一緒だった。

愛宕有紗《おだきありさ》。

そこにいたのは、高校時代に俺の『彼女』と呼ばれていた女だった。

「――はい、はい。本当……事後報告みたいになってしまってすみません。帰ったら一度、きちんと挨拶に伺いますから……。……はい、ありがとうございます。……いえいえっ、タック――あっ、いや、巧《たくみ》くんはとてもよくやってくれてますよっ。むしろ私の方がお世話してもらってる感じで……。……はい、はい、それでは失礼しますぅ……」

電話中で相手の顔は見えないのに、何度も何度も頭を下げてしまう。日本人特有の仕草らしいけど……でも今は恐縮する他なかった。

「……はあ」

電話が終わった後、ソファに座って一息つく。

相手は――朋美《ともみ》さん。

タッくんの、つまりは私の彼氏のお母さん。

今回の同棲《どうせい》について、電話口だけど挨拶させてもらった。

事前にタッくんが話をして、すでに了承は得ているらしいのだけれど、それでも彼女として……ていうか一人の大人として、一言ぐらい挨拶はしておきたかった。

改めて考えると……たった三ヶ月とは言え、同棲《どうせい》が事後承諾になってしまったことは、結構なマナー違反な気がする。

朋美《ともみ》さんは、

『全然いいのよ、そんなこと気にしなくて。綾子《あやこ》さんは自分のお仕事、しっかり頑張ってね。巧《たくみ》のことは、邪魔になったら追い出しちゃっていいから』

と、実に軽い感じだったけれど……あー、やっぱり申し訳ない気分。

内心ではどう思ってるんだろうなあ、とか考えちゃう。

まあ、同棲《どうせい》は二人のことなんだから、親の承諾なんていらないという考えもあるのかもしれないけれど。

タッくんはすでに成人してるわけだし……いやでも、成人していると言っても、まだ親の扶養に入っている大学生なわけだし、だからこそなにをするにしてもまずは向こうの両親にお伺いを立てた方がいいような……あー、でも、こういうのはタッくんを子供扱いしてることになっちゃうのかなあ……。

うー……わかんない。

正解が全然わかんない。

なにをすれば、どういう風にしたら、世間的に正しいことなのか――

「……まあ、正解なんてないのか」

一人呟《つぶや》く。

元々男女の恋愛に——正解なんてものはないのだろう。

人それぞれ、十人十色の恋愛の形がある。

両親や世間との付き合い方も、やっぱり人それぞれ。

一応のセオリーやテンプレートみたいなものはあるのだろうけれど、だからってそれに従うことが正解というわけじゃない。

まして私達は——十歳以上の年の差カップル。

三十超えたシングルマザーと、二十歳《はたち》の大学生。

少々珍しい形の交際をしているのだから、世間一般の正解なんてものに縋《すが》るのは間違っているのだろう。

正解の形は私達自身《じしん》で見つけていかなければならない。

「……ああっ。大変、もうこんな時間っ」

気持ちを切り替えて、私は急ぎ家事に取りかかる。

午後からは仕事だから、午前中のうちにやれることはやっておこう。

まずは——洗濯。

洗面所に移動して、カゴの中にある服を洗濯機に入れる。

その途中で——ふと、手が止まってしまう。

見つけたのは、タッくんのシャツ。

彼が昨日、ジャケットの下に着用していたもの——
「……はっ」
シャツを凝視して固まっていた自分に気づき、我に返る。
いや。
いやいやいやいやっ。
な、なに考えてるの、私⁉
タッくんのシャツでなにをしようとしているの⁉
ダメよ……そんなの、ダメダメ。
彼女だからって……やっていいことと悪いことがあるわよ！
で、でも——そういえばタッくんも、私の下着を洗ったりしたのよね。
ブラジャーもパンツも。
ちゃっかりタグまで確認して。
だったら……私だって少しぐらい悪戯《いたずら》してもバチは当たらないわよね？
向こうは下着を好きにしたんだから、シャツぐらい——
「…………」
必死に自分に言い訳して、私は再び彼のシャツと向き合う。
キョロキョロ、と。

誰もいるはずがないのに、それでも念入りに周囲を確認してから——白いシャツに恐る恐る顔を埋めた。

あ……すごい。

薄らとだけど、タッくんの匂いがする。

すれ違うときやハグしたときに、ふと感じる彼の匂い。同居生活を始めてから、その香りを実感する瞬間は増えた気がする。

胸は高鳴るのに、心はとても落ち着くような、不思議な気持ち。

なんだか、タッくんに包まれているみたい。

どうしよう。

これ……着ちゃったりしてみてもいいのかしら？

確かそういうの、彼シャツとか言って——。

ヴヴヴーッ。

と。

洗面台に置いておいたスマホが、強く震えた。

「～～～～っ⁉」

驚愕《きょうがく》のあまり、心臓が胸から飛び出るかと思った。

シャツをバッと洗濯機に放り込んだ後、慌てて電話に出る。

「……はい。あ、大丈夫です。時間通りに、お願いします。はい……」

電話は宅配便の確認だった。

いざ生活を始めてから足りなかった物を美羽《みう》に頼んで送ってもらったんだけど、それがこれから届くみたい。

「……はぁ〜〜」

深く深く息を吐き出し、その場にへなへなと座り込む。

ああ、もう、心臓に悪い。

ていうか……なにやってたんだろう、私？

彼氏のシャツの匂いを嗅いでうっとりするなんて……なんだか変態みたい。

欲求不満みたい。

「…………」

期せずして始まった、彼氏との同居生活。

これまでよりずっと一緒にいる時間は増えて、楽しすぎるくらいに楽しい。

それなのに——いや。

だからこそ。

距離が近くなってしまったからこそ……どんどん欲望が膨れ上がってしまう。

もっともっと、彼が欲しくなってしまっている自分がいる。

「……早く、タッくんに会いたいな」

まだ別れて数時間も経《た》っていないのに、そんなことを呟《つぶや》いてしまう。

とにかく悶々《もんもん》としていて——そしてある意味では、呑気《のんき》だったのだろう。

これから待ち受ける試練も知らずに——

第六章
交際と秘密

♠

高校時代——

愛宕有紗《おだきありさ》に関する諸々《もろもろ》の件が一通り解決した、その後のことだった。

俺は——彼女から告白された。

好きです。

付き合ってください。

本当の彼氏になってください。

と。

真剣な告白だったように思う。

真剣で、真面目で、一生懸命な告白だった。

女子からの告白が生まれて初めてだった、というわけじゃない。

水泳で県大会に出場した後、ロクに話したこともない後輩の女子から告白されたり手紙をもらったりしたことはあったが……それらの告白とは、なんというか重みが違った。

表情や言葉から、痛いぐらいの真剣さが伝わってきた。

でも。

どれほど真剣で本気な告白だろうと、俺の答えは決まっていた。

「──ごめん」

きっぱりと、はっきりと、俺は言った。

「告白してくれてありがとう。気持ちはすごく嬉《うれ》しい。でも……ごめん。俺は有紗《ありさ》の彼氏にはなれない」

「……あはは」

有紗《ありさ》は誤魔化すように笑った。

「だ、だよねー。わかってたわかってた。こっちこそごめんね、告白なんかしちゃって」

不自然なぐらい明るい声で言う。一生懸命軽いノリにしようとしているが、その目には涙が浮かんでるように見えた。

「巧《たくみ》くんは、ただ頼まれてやってただけだもんね。私に優しくしてくれたのは、ただ単に巧《たくみ》くんが優しい男だからで……あはは。いやー、勘違いしちゃったなー。ワンチャンぐらいあるかと思ったんだけどなー」

「……………」

「ねえ、ちなみに……ダメな理由とか、教えてもらえる？　直せるところとかあるなら、できる限り頑張ってみたい所存なんだけど……」

今にも泣き出しそうな顔で言われ、胸が締め付けられるように痛んだ。

「……有紗《ありさ》がどうこうって話じゃない」

はっきりと言う。

真剣な告白に対し、せめてもの誠意で答える。

「俺、他に好きな人がいるんだ」


午後の五時すぎ――

初日インターンが終了した後、俺は愛宕有紗《おだきありさ》と一緒に駅まで歩いていた。

利用している駅が同じだったため、自然とそうなってしまった。

「いやー、びっくりしたなあ。まさかこんな形で巧《たくみ》くんと再会するなんて。世間って意外と狭いよね」

隣を歩く有紗《ありさ》は、楽しげに話しかけてくる。

「有紗《ありさ》……大学は東京だったんだな」

「そうそう。今は一人暮らししてる。巧《たくみ》くんは地元の大学通ってるんだよね？」

「ああ」

「それなのに、よくこっちでインターンしようなんて思ったね」

「話せば長くなるけど……まあ、知り合いの紹介だな」

「あっ。私も同じ。大学で同じサークルの先輩が『リリスタート』に就職してさ、そのコネでインターンさせてもらえた感じ」

すごい偶然だな、と思う。

地元を離れて東京の会社でインターンしようと思ったら、地元を離れて東京の大学に進学していた知り合いと再会するなんて。

まあ……どう考えても俺の方がイレギュラーなんだけど。

向こうは大学の先輩っていう比較的王道のコネクションを使ってるのに対して、俺の方はかなり複雑な繋《つな》がりだからな。

「ねえねえ。巧《たくみ》くんは明日の服、どうする？」

「私服だな。なんか、それなりにフォーマルな私服にしとく」

「私もそうする。はあ……失敗しちゃったなあ。よくある『平服でお越しください』的な罠《わな》だと大変だと思っちゃってさ。スーツ着とけば間違いはないと思ったんだけど……まさか、あそこまで笑われちゃうなんて」

「ははっ。俺も全く同じ理由」

「だよねだよねっ。普通、そう考えちゃうよね！　吉野《よしの》さん、就活する大学生のデリケートさを全然わかってないんだから」

互いの失敗を笑い合う。

なんだか不思議な気分だった。

まさか、また有紗《ありさ》とこんな風に話せるなんて。

正直……高校を卒業したら、もう二度と会うことはないと思っていた。

こちらから連絡を取ろうなんて考えたこともないし、向こうも考えていなかっただろう。

だって。

俺達の最後は――

「……なんか、懐《なつ》かしいね」

ふと表情に影を落とし、有紗《ありさ》は言う。

「こうやって二人で歩いてると、高校のときを思い出しちゃうな。学校の帰り道、一緒に歩いて駅まで行ったよね」

「…………」

「あのときはごめんね。私のために、変なことに付き合わせちゃって」

「……いや」

「なんとなく……もう会わないだろうなって思ってた。どんな顔して会えばいいかわからなかったし、会っても気まずいだけだと思ってたから」

でも、と有紗《ありさ》は続ける。

昔と変わらぬ、華やかな笑みを浮かべて。

「今日、巧《たくみ》くんに会えてよかった」

心から笑っているような、本当に晴れ晴れとした笑顔だった。

「なんていうか……アレアレ。ショック療法的な感じ？　自分から連絡とかは絶対無理だったけど、こんな風にばったり出会っちゃったら、驚きすぎて気まずくなってる余裕もないよね」

「…………」

「案ずるより産むが易《やす》しって本当だよねー。いやー、これは運命の出会いに感謝かな？　きっと神様が私達のこと気遣ってくれたんだよ」

「……なんか有紗《ありさ》、昔よりテンション高くなったな」

「え？　そう？　うーん……まあ、そうかも。こっちの大学で楽しくやっちゃってるからねー。東北の田舎娘だった私とは違うんですよ」

冗談めかして言って、悪戯《いたずら》っぽく笑う。

確かに——違うのだろう。

俺も有紗《ありさ》も、あの頃とは違う。

年齢も、学校も、立場も、住む世界も。

そして——交際相手も。

「ねえ、せっかくこうして会えたんだしさ、再会を祝してどこかで一杯やっちゃう？」

グラスを呷《あお》る仕草をしながら、軽いノリで誘ってくる有紗《ありさ》。

「私、安くていい店たくさん知ってるから、紹介するよ？」

「……遠慮しとくよ」

俺は小さく首を横に振った。

「えー？　どうして？　そりゃ明日もインターンだけど、あんまり遅くならなきゃ大丈夫でしょ？　それとも巧《たくみ》くん、お酒飲めないタイプ？」

「そうじゃなくてさ」

俺は言う。

はっきりと、言う。

「俺、今、付き合ってる人がいるんだ」

「………………」

有紗《ありさ》は目を丸くし、一瞬だけ歩みを止めた。

それがわかったけど、俺は歩調を緩めずに歩き続けた。

「だから……女子と二人で飲みに行くとか、そういうのはちょっとな」

「……へぇー。そうなんだ」

ほんの一瞬だけ遅れて、有紗《ありさ》は後をついてくる。

「いつから付き合ってるの？」

「最近だよ。ほんと最近」

「大学の人？」

「いや……。でもまあ、地元の人だ」

「ふぅん。そっかぁー、そうだよね。そういうこともあるよね」

まだどこか驚いた様子で、有紗《ありさ》は言葉を続ける。

「でもさ……久しぶりに会った友達と飲みに行くぐらいはいいんじゃないの？　なに？　彼女、厳しい人？　結構束縛されてる系？」

「向こうがどうこう言ってるわけじゃない。俺がどうしたいかってだけの話だ」

「うわあ、格好いいこと言っちゃって」

茶化すように言った後、有紗《ありさ》は神妙な笑みを浮かべた。

高校のときには見せなかったような、少し大人びた表情だった。

「相変わらずだなあ、巧《たくみ》くんは。高校のときから思ってたよ。巧《たくみ》くんの彼女になれる人は幸せだろうな、って」

「…………」

「うん、わかった。それなら、やめといた方がいいね。飲みに行くのは……また今度、二人きりじゃないときにしよう」

そんな会話をしてると、駅に辿《たど》り着《つ》いた。

「じゃあ私、こっちの路線だから」

「おう」

「また明日ね」

手を振りながら、有紗《ありさ》は人混みに紛れていった。

彼女を見送った後、自分が利用するホームへと向かう。

頭の中は……なんとも言えないやるせなさでいっぱいだった。

さて。

どうしたもんかな、この状況。


家に帰ってからも、頭の中では愛宕有紗《おだきありさ》のことを考えていた。

彼女とのことを、綾子《あやこ》さんに言うべきか言わないべきか。

別に、言う必要はない……と思う。

俺と有紗《ありさ》の今の関係は、偶然出会った『元クラスメイト』でそれ以上でもそれ以下でもない。

わざわざ報告する方が変な感じがする。不倫している男がその日に限って妻に一日のスケジュールを報告するような……そういう不自然なアピールのように思われてしまいそう。

いちいち報告することの方が、なんだか怪しい。

しかし。

言わないでいるのも、それはそれで不誠実な気もする。

後ろめたいことがなにもないのなら、言ってしまった方がいいと思うが――でも、そうなると……どこまで話すかという問題も出てくる。

高校時代。

俺と有紗《ありさ》の間になにがあったか、全て話すべきなのだろうか。

正直……言いたくはない。

話していて楽しいことではないし、綾子《あやこ》さんとしても聞いていて楽しい話ではないと思う。

俺と有紗《ありさ》の間で、高校時代になにがあったかなんて――

「――ッくん、タッくんってば」

「え。は、はいっ」

夕飯時――

名前を呼ばれたことに気づいて顔をあげると、テーブルの向かいに座る綾子《あやこ》さんが心配そうにこちらを見つめていた。

「えっと……すみません。なんの話でしたっけ？」

「飲み物のおかわり、いる？　って訊《き》いたんだけど……」

「あ、はい。お願いします」

慌てた様子でコップを差し出した。

ああ、情けない。

綾子《あやこ》さんを無視してしまうなんて。

そして、手料理を食べている途中に他のことを考えてしまうなんて！

「大丈夫？　なんだか、ボーッとしてたけど」

自己嫌悪《けんお》に陥っていると、キッチンから戻ってきた綾子《あやこ》さんが、麦茶の入ったコップを差し出しながら言った。

「……ごめんなさい、ちょっと考えごとしてて」

「インターン……やっぱり大変だった？」

「いや、インターン自体は、そこまで……。今日はほとんど説明と挨拶回りだけで終わっちゃったんで」

「そうなの？　それにしては、なんだか悩んでる風だったけど」

「別に、悩んでるわけじゃ……」

「なにかあったら、なんでも相談してね」

柔らかな笑顔を浮かべて、綾子《あやこ》さんは言う。

女神のように美しく、そして温かな微笑《ほほえ》みだった。

「仕事のことなら、タッくんよりちょっぴり先輩だからね。困ったことがあったら、少しは力になれると思うわ」

「綾子《あやこ》さん……」

「……まあ、ちょっぴりっていうか、かなり先輩なんだけどね。社会に出て十年ぐらい経《た》っちゃってるから……もはや、先輩通り越してOGだけど。オールドなガールだけど……」

「ああっ、お、落ち込まないでくださいって」

一回フォローを入れてから、

「……ありがとうございます」

と俺は続ける。

「インターンでなにか困ったら、綾子《あやこ》さんに相談させてもらいますね」

答えた瞬間――ズキリと胸が痛んだ。

それを誤魔化すように、ご飯の残りをかき込んだ。

空の茶碗《ちゃわん》を持って椅子から立つ。

「おかわり、もらいますね」

「ほんとに？　タッくんの、結構山盛りにしたのに」

「綾子《あやこ》さんの料理、美味《おい》しいからつい食べすぎちゃいますね」

「もうっ。褒めてもなにも出ないわよ？」

二人で笑い合うも、俺の心には小さな影が生まれた。

結局この日――愛宕有紗《おだきありさ》については話さなかった。

考えた末の合理的な判断、というわけじゃない。

綾子《あやこ》さんに余計な心配をかけたくないというのが一番の本音だけれど——でも、結局のところは、ただ怖がっているだけなのかもしれない。

怖い。

そう、俺は怖いのだ。

今この瞬間があまりにも幸福だから、失うことが怖い。

十年間願い続けてきた夢の中に、今、俺はいる。

この幸せすぎる二人の世界に、ほんの少しでも余計なノイズは入れたくないと、そんな風に考えている俺が、心のどこかにいた。

第七章
欲求と不満

「――左沢《あてらざわ》くんの様子がおかしい？」

問い返してくる狼森《おいのもり》さんに、私は、

「……はい」

と小さく頷《うなず》いた。グラスのレモンサワーを少し口に含む。

同棲《どうせい》を始めてから数日が経《た》ち、最初の金曜日。

場所は――居酒屋の個室。

少々お値段高めのところで、狼森《おいのもり》さんに連れてきてもらった。

一応、私の東京赴任を祝う親睦会らしい。

当初は同僚を呼んで大々的にやる予定だったらしいけど、私が断固反対した。だって……恥ずかしいでしょ。たった三ヶ月東京勤務するだけなのに、大勢集めて飲み会とか、さすがにちょっと申し訳ない。

というわけで――狼森《おいのもり》さんと二人きりの歓迎会。

飲み始めてから、三十分ぐらいは経《た》っただろうか。

最初は仕事の話をしていたが、お互いに二杯目を頼んだ辺りから、段々と話題は私の同棲《どうせい》生活に移っていった。

「おかしいって、具体的になにがどうおかしいんだい？」

「えっと……そこまで劇的におかしい、ってわけじゃないんですけど」

ここ数日の彼の態度を思い返しながら、私は言う。

「話してると普通なんですけど、たまにすごく神妙な顔で悩んでるときがあって。インターンに行った日からなんですけど……」

「ふむ」

相づちを打ちつつ、ロックのウィスキーを呷《あお》る狼森《おいのもり》さん。

「ちょうど一昨日、『リリスタート』の人と会う機会があったから、ついでに左沢《あてらざわ》くんのことも尋ねてみたんだが……その人に聞く限りじゃ特に問題はなさそうだったね。仕事の覚えは早いし、礼儀正しいし、今時珍しい好青年だと、なかなかの高評価だったよ」

仕事関係で悩んでいるわけではないらしい。

ならばタッくんは、なにで悩んでいるんだろう。

あるいは、全部私の思い過ごしだろうか。

それならその方がいいんだけど。

「仕事じゃないとなれば……やはり、歌枕《かつらぎ》くんとの生活についてかね？」

「やっぱり、そうですよね」

新しい環境、新しい生活。

ましてタッくんは、初めての東京生活。

これまで仕事で何度か来ていた私より、ずっと負担が大きいのかもしれない。私の知らないところで、なにかストレスを溜《た》めてしまっているのかも……。

「悩んでいるのかもしれないね、歌枕《かつらぎ》くんとの性生活について」

「……余計な一文字が増えてます」

一文字増えるだけで意味合いがかなり違う。

ジッと睨《にら》むも、狼森《おいのもり》さんはクスクスと笑うだけだった。

「いやいや真面目な話だよ。性のお悩みはなにも思春期の子供に限った話じゃない。大人だって悩んで当然のことなんだ」

「……………」

「ぶっちゃけた話、どうなんだい？　同棲《どうせい》して一週間近く経《た》ったわけだけど、夜の方は調子よくやっているのかい？　お互い未経験同士なわけだし、なにかしら問題や不都合が生じても不思議ではないと思うけど……」

「な、なにを言ってるんですか、もうっ！　そんな、問題や不都合って……。そもそも、私達、まだ一度も……」

「……え？」

そこで狼森《おいのもり》さんはわかりやすく、ギョッ、とした。

驚きを通り越して、ドン引きしたような顔だった。

「まだ、してないのかい？」

「…………」

「一度も……？」

「…………」

「ペッティングぐらいは――」

「ないですっ！　なんもないです！」

恥ずかしさの余り、つい怒鳴ってしまう。

「もうっ、いいでしょ別に！　私達には私達のペースがあるんです！」

「……いや、批難するつもりはないよ。ただただ驚愕《きようがく》しているだけだ。付き合いたてのカップルが一つ屋根の下に同棲《どうせい》して、それで一週間近くなにも起きないなんてね。学生カップルならまだしも、二人とも成人しているというのに」

苦笑気味に、狼森《おいのもり》さんは続ける。

「一度もそういう空気にはならなかったのかい？」

「……さ、最初の夜に、ちょっとだけそんな感じにはなりましたけど……でも」

「でも？」

「タッくんが『なし崩しみたいなのは嫌だから』って。『この同棲《どうせい》は二人で話し合って決めたことじゃないから』って……」

「……ぷっ。あははは。まったく、呆《あき》れるほどに高潔で誠実な男だね、左沢《あてらざわ》くんは」

噴き出すように笑う狼森《おいのもり》さん。

「まあ、私と一緒に歌枕《かつらぎ》くんを騙《だま》したことが負い目になっている部分もあるのかもしれないけど……それにしたって少々度が過ぎるな」

「……狼森《おいのもり》さんはもう負い目を感じていいと思いますけど」

「なるほどなるほど。愛《いと》しの彼が手を出してくれなくて、歌枕《かつらぎ》くんは欲求不満をこじらせてるってわけか」

「な、なに言ってるんですかっ！　私は別に……なにも不満なんてありませんよ。タッくんが紳士な男でとても嬉《うれ》しいですっ」

「ほんとにぃ？」

少し赤らんだ頬でからかうように問うてくる。

お酒が入ってるせいか、絡《から》み方がいつもより三割増しでネチっこい。

「せっかくの酒の席なんだ。変な照れや意地は捨てて、女同士股を割って話そうじゃないか」

「割るのは腹です、腹！　股は割らないでくださいっ」

ああもう、下ネタがエグい！

酒の席って怖い！

「もう……いい加減にしてくださいよ。私、嫌いなんですよ、こういうノリ……。お酒を飲んでるならいろいろオープンになっていいでしょ、みたいな悪ノリ」

きっぱり、はっきりと言う。

「私は、お酒飲んだからってハメを外したりはしませんっ」

そんな宣言……というか丁寧な前フリから、大体一時間後。

レモンサワーを四杯ぐらい飲み干したところで、

「……ああ、そうですよ、欲求不満ですよ、悪いですか!? 自分でもどうしたらいいかわからなくて困ってるんですよ！　うう……ひぃーん」

私はがっつり酔っ払って、ハメを外してしまっていた。

いろいろオープンになってしまっていた。

感情のままに叫んでテーブルに突っ伏す。ああ、ダメ。頭がボーッとする。脳内の理性と判断力を司《つかさど》る部分が綺麗《きれい》に麻痺《まひ》してる気がする。

「どうどう。よしよし」

「うう……狼森《おいのもり》さぁん……」

泣き上戸《じょうご》なのか絡《から》み酒なのか、よくわからないノリになってしまう。

まだちょっと冷静な自分もいるんだけど……まあいいや。

アルコールの勢いに全て任せてしまおう。

狼森《おいのもり》さんの方はというと、先ほどと大して変わらない。ずっとレモンサワーだけ飲んでる私とは対照的に、あれこれと種類を変えて、今はお猪口《ちょこ》で日本酒を嗜《たしな》んでいる。

「だいたい……タッくんはズルいんですよっ。『いい思い出にしたい』とか『私の心の準備ができるまで待つ』とか……そんな格好いいこと言われちゃったら、こっちはなにも言えないじゃないですか！」

「うんうん」

「ていうか……『心の準備』ってなに⁉ え？ 私、準備できたら『準備できたよ』って自分から言わなきゃいけないんですか⁉ それ、めちゃめちゃハードル高くないですか⁉」

「ふむふむ」

「も、もちろんタッくんが悪いって言いたいわけじゃないんですよ？ 私のことを思いやってくれるのは本当に嬉《うれ》しくて……。でも、その……タッくんが優しくて、完璧すぎるから……一人で悶々《もんもん》としてる自分が、なんだかすごくいやらしい女に思えてきてしまって……」

「なるほどなるほど」

いざ語り出すと愚痴が止まらなかった。狼森《おいのもり》さんは静かに相づちを打ちながら話を聞いてくれていて、私が一息ついたところでまとめるように言う。

「要するに、とっとと抱いてほしい、と」

「まとめ方が雑っ！」

「違うのかい？」

「ち、ちが……ちが、違わないのかもしれないですけど……も、もう少し表現に気をつけてほしいと言いますか……」

こっちにだってそれなりの事情と葛藤があるんだから、簡単にまとめないでほしいんだけど……でも、結局そうなっちゃうのかなあ。

うわあ……恥ずかしい。

結局私、ただ彼氏が抱いてくれなくて不満言ってるだけなの……!?

「なにも恥じることはないさ。女にだって性欲はあるんだ。愛《いと》しい彼氏と一緒に住んでいたら、悶々《もんもん》とするのは必然だよ」

「ほ、本当ですか？」

「ああ。普通のことだ」

「じゃ、じゃあ、ここ三日ぐらい連続でエッチな夢を見てるんですけど……それも普通ってことですか!?」

「……それはちょっと普通じゃないかもしれない」

普通じゃなかった！

裏切られた！　うっかりただ恥ずかしい告白をしてしまった！

「まあ、気にすることはないさ。そもそも、悶々《もんもん》としてるのはきみ一人じゃないだろう。左沢《あてらざわ》くんだって相当欲求不満をこじらせてるはずだよ」

「タッくんも……」

「もしかしたら、今も家で一人自家発電してる頃かもしれないね」

「じかっ……!?　な、なに言ってるんですか！」

「普通のことだろう。男というのはそうやって性欲を処理するものなんだから。まして左沢《あてらざわ》くんなんて、十年間きみに片思いしてたわけだろう？　これまで何度きみをおかずにしたかわかったものじゃないよ」
タ、タッくんが私をおかずに……！
それって、つまり……私のことを妄想しながら……え、えーっ!?

ほんとに!?　そんなっ……待って……えーっ!?

「やれやれ。未経験同士のカップルというのは難儀なものだね」

苦笑気味に言う狼森《おいのもり》さん。

「左沢《あてらざわ》くんも左沢《あてらざわ》くんで、少し問題があるな。彼はどうも、手を出さないことが優しさであり誠実さだと思い込んでいる節がありそうだ」

「…………」

「いや、あるいはシンプルに怖がっているのかもしれないね」

「怖がっている……」

「彼は十年間、ずっときみに片想《かたおも》いをし続けてきたわけだろう？　彼にとっての歌枕綾子《かつらぎあやこ》は、もはや単なる異性ではなく……女神のような存在なのかもしれない。好意の対象であると同時に、崇拝や信仰の対象でもあるような」

「め、女神って」

「愛《いと》しい愛《いと》しい女神様を、彼は万に一つも傷つけたくないのだろう」

「…………」

「もちろん、歌枕《かつらぎ》くんの問題も大きいがね」

「私も……」

「彼が抱いてくれないことに不平不満を言うなら、彼が我慢できなくなるぐらいにセクシーな格好をして誘惑すればいいんだよ」

「なっ……」

「あるいはきみの方から押し倒してみてもいいかもね」

「む、無理ですよ、そんなの……」

「どうして？」

「だって……恥ずかしいですし……それに、やっぱり私も……怖いですから」

私は言った。

怖い。興味はあるし欲求もあるけれど、同じぐらいの恐怖もある。

行為自体に対する恐怖もあるけど、それ以上に――

「タッくんは私のことをすごく褒めてくれて……見た目も内面も……私の全部を好きだって言ってくれて。もちろん、すごく嬉《うれ》しいんですけど……でも、だからこそ、その期待を裏切ることが、怖いんです……」

女神はさすがに言い過ぎだと思うけど……でも確かにタッくんは、私のことを過剰に持ち上げ、美化している節はあると思う。

こんな、三十過ぎの女に、もったいないぐらいの言葉を惜しみなく与えてくれる。

嬉《うれ》しい。もちろん嬉《うれ》しい。

大好きって言ってくれるからその期待に応えたくなり――そして、期待に応えられないことが怖い。期待外れだと思われることが怖い。

「……タッくんの中の私は、たぶん、こんな性欲お化けみたいな感じじゃないと思うから」

「性欲お化けって」

「自分から迫ったりして……それで、幻滅されたらどうしようって考えちゃって」

「幻滅されたらいいんだよ」

狼森《おいのもり》さんは言う。

お猪口《ちょこ》を傾けながら、どうということもなさそうに。

「幻滅とは、『幻が滅ぶ』ってことだ。偏見と思い込みに塗《まみ》れた幻なんて、とっとと消えてしまえばいい。歌枕綾子《かつらぎあやこ》は女神でも幻でもなく——生身の人間なのだから。もちろん、左沢巧《あてらざわたくみ》もね」

「…………」

「生身の人間同士、もっと裸でぶつかり合えばいい」

その言葉は——酔っ払った頭に強く響いた。

「まったく……単純な話をよくここまで複雑にできるものだ。恐れ入るよ」

呆《あき》れ口調で皮肉を吐く狼森《おいのもり》さん。

それからふと思いついたように、

「しかし……アレだね」

と続ける。

「俗に『男の性欲のピークは十代後半で、女のピークは三十代前半』とは言うけど……改めて考えると、きみ達二人はドンピシャなんだよね」

しみじみと言う。

「一回ヤッちゃったら、溜《た》まりに溜《た》まってた分、ものすごいことになりそうだよね」

もはやなんと返答していいかわからず、私は残っていたレモンサワーを一気に飲み干した。

「〜〜〜っ！」

午後の九時を回ったぐらいで、私達は店を出た。

「だ、大丈夫かい、歌枕《かつらぎ》くん？」

「大丈夫です。そんな酔ってませんから……」

口では強がってみるものの、正直、結構酔っていた。

前後不覚になるほどじゃないけど……かなり頭はボーッとしてる。

「……ちょっと、久しぶりだったんでペース間違えました」

「ふふっ。話の内容も内容だったからね」

狼森《おいのもり》さんの方は、私の倍ぐらい飲んでいたのにピンピンしている。

しかも飲み足りないから、この後一人で飲みに行くと言ってる。

一緒に飲んだのなんて何年ぶりかわからないけど、四十を超えても酒豪っぷりは健在のようだった。

「じゃあ……狼森《おいのもり》さん、今日はご馳走様《ちそうさま》でした」

「おいおい、一人でどこに行く？」

軽くお礼を言って帰ろうとすると、呼び止められた。

「え……だって、狼森《おいのもり》さんは飲みに行くんですよね？」

「だからって、一人で帰るつもりかい？　そんなフラフラで」

「だ、大丈夫ですよ。タクシーぐらい拾えます」

「迎えはちゃんと呼んでおいたから、少し待っていたまえ」

「……迎え？」

問い返すのと、ほとんど同時だった。

「──綾子《あやこ》さんっ」

繁華街の人混みの中から、タッくんが駆け足でやってきた。

「えっ⁉　タッくん……ど、どうして」

「私が呼んだ」

狼森《おいのもり》さんがしれっと言った。

「夜の繁華街を一人で歩かせるのは忍びなかったからね」

得意げに言った後、迎えに来たタッくんの方を向く。

「では左沢《あてらざわ》くん、あとは頼んだよ。私はもう少し、夜の街と遊んでくる」

格好いい言葉を残し、彼女は繁華街の人混みに溶けていった。

地元とは違い、地上の明るさで空の星がよく見えない夜――

私達は、駅のタクシー乗り場を目指して歩いていた。

「タッくん……ごめんね、わざわざ迎えに来てもらって」

「気しないでください。なんていうか……こういうのも彼氏の仕事ですから」

どこか嬉《うれ》しそうに言うタッくん。

「一人で待ってる方が気が気じゃなかったですからね。酔っ払った綾子《あやこ》さんが夜の東京を一人で歩いてたら……十歩に一回はナンパされそうですし」

「と、東京に対する偏見がすごいわね……」

そして相変わらず私の評価が高い。

私のことを絶世の美女だと思ってそう。

「綾子《あやこ》さん、歩くの辛《つら》かったら言ってくださいね」

「だ、だいじょぶだいじょぶ。そんな酔ってないから」

「酔ってる人は大体そう言うんですよ」

「酔ってない人も言うのっ」

強く言った。

ああ、恥ずかしい。

タッくんは気にしないでって言ったけど、やっぱり少し情けない気持ちになる。もういい年した大人なのに、酔っ払って迎えに来てもらうなんて。

それに。

さっきまで話してた内容が内容だから——どうしても意識してしまう。

体が燃えるように熱く、頭がクラクラしてくる。

アルコールのせいなのか、いつも以上に変なことばかり考えてしまう。

「もうすぐですよ、綾子《あやこ》さん」

段々と駅が近づいてきた。

少し歩みを速めた彼の背を、私はボーッと見つめ、心の中で問いかける。

ねえ、タッくん。

タッくんは……もし私が積極的に迫ったら、どんな顔するのかしら。

驚く？　ドン引きする？

それとも……よ、喜んでくれたりする？

ああ——

今なら、全部お酒のせいってことにできるかしら？

どんなことをしても、どんなに乱れても、全部お酒のせいに——

そんな風に妄想を巡らせている、そのときだった。

「あー、やっぱり金曜だから混んでまーっ」

人でごった返すタクシー乗り場に近づいたところで、タッくんが足を止めた。

目を見開いて、その場で硬直してしまう。

「どうしたの、タッくん……？」

「──巧《たくみ》くん？」

と。

明るい声と共に、一人の女性が近づいてきた。

「わー、やっぱり巧《たくみ》くんだ。すっごい偶然」

「……有紗《ありさ》」

彼女は親しげにタッくんに声をかけ、彼もそれに応じた。

有紗《ありさ》、という名前らしい。

なんだか不思議な気分だった。タッくんが私と美羽《みう》以外の女子を名前で呼ぶのなんて、初めて聞いたかもしれない。

私は──改めて彼女を見つめる。

年はタッくんと同じ、二十歳《はたち》ぐらいだろうか。両サイドで軽くオシャレに編み込んだ髪。白い薄手のブラウスと、明るい色のスカート。大学生にしかできないような、若さが溢《あふ》れるファッションを着こなしている。

飲み会帰りなのか、赤く火照《ほて》った顔をしていた。

「なーんか最近、縁があるよね」

「そ、そうだな……」

「巧《たくみ》くんもこの辺で飲んでたの？」

「いや、俺は、迎えに来ただけで……」

タッくんはわかりやすく動揺した様子で、私と有紗《ありさ》さんの間で視線を行ったり来たりさせた。

「えっと、綾子《あやこ》さん……彼女は知り合いで」

しどろもどろな口調でタッくんが紹介しようとするが、

「あはは。なにテンパってるの、巧《たくみ》くん？」

アルコールのせいなのか、少々陽気な有紗《ありさ》さんに遮られる。

「なにも慌てることないでしょ。今はもう——彼女ってわけでもないんだから」

「えっ」

そこで私は、大きく声を上げてしまった。

信じられない台詞《せりふ》が聞こえてしまったから。

するとその声に反応したのか、彼女は私の方を向く。

「はじめまして、愛宕有紗《おだきありさ》です」

軽く頭を下げた後、困ったような声で続ける。

「巧《たくみ》くんとは高校時代からの知り合いで、一言で言うなら……なんだろ？　まあ、いわゆる『元カノ』みたいな感じです」

酔っ払ったテンションなのか、実に軽いノリで告げる有紗《ありさ》さん。

私は頭が真っ白になった。

第八章
遠慮と配慮

♥

翌日は土曜日だけど、仕事だった。

アニメ化発表に合わせた原作販促のために、いろいろ準備などをしなければならなかった。

声優さんの声つきPVや、コミカライズと合わせた施策など、やることはたくさんある。

正直——助かった、と思う部分はある。

土曜はインターンが休みなので、タッくんは一日家にいるらしい。

昨日の今日でずっと顔を合わせているのは、少し気まずい。

朝も微妙な空気のまま出てきてしまった。

『——あー……、そっか。ママ、有紗《ありさ》さんに会っちゃったんだ』

昼食後。

会社の近くにある公園のベンチに腰掛け、美羽《みう》へと電話をかけた。

確認したいことがあったから。

『うん、そうだよ。有紗《ありさ》さんは——私の友達のお姉ちゃん。そしていろいろあって、高校時代、タク兄が「彼氏のフリ」をしてあげてた人』

「……やっぱり、美羽《みう》は全部知ってるのね」

『まあ、全部私がタク兄にお願いしたことだからね。言っとくけど、悪気があって内緒にしてたわけじゃないよ？　別にわざわざママに言うこともないと思ってただけ』

「………………」

昨日の夜──

あれから、タッくんに一通りの説明は受けた。

愛宕有紗《おだきありさ》さんは高校の同級生で、今回『リリスタート』で偶然にも再会し、今は一緒にインターン生として働いているらしい。

そして。

彼女は一時期、タッくんの『彼女』だったらしい。

と言っても──本物ではなかったらしいけど。

『有紗《ありさ》さん、高校時代、ストーカー被害に遭って困っててさ。告白断った男が、こっそり家までついてきたりしてたらしくて。だから私、タク兄にお願いしたんだよね。「有紗《ありさ》さんの彼氏のフリして」って。そうすればストーカー男も諦めてくれるかなって』

「ど、どうしてタッくんに頼んだのよ……？　他に誰かいなかったの？」

『都合がいいことに同じ高校通ってて同じクラスだったからね。それにほら、有紗《ありさ》さん、かわいかったでしょ？』

「………………」

確かにかわいかった。

若くて、キャピキャピしてて、私にない魅力を持っている女性だった。

『「彼氏のフリ」頼んだ男が、その立場を利用して有紗《ありさ》さんに迫ったりしたら本末転倒じゃん？　だから——万に一つも有紗《ありさ》さんには惚《ほ》れない男に頼めばいいと思って』

「……そ、それでタッくんに頼んだってこと？」

『うん。だってタク兄がママ以外に惚《ほ》れるわけないし』

絶対の真実のように断言する美羽《みう》。

そんな風に語られると……ちょっと恥ずかしくなってしまう。

『タク兄は相当渋ってたけど、最終的には引き受けてくれた。なんだかんだ、人がいいからね。でも、すごかったのはその後で』

感心したような呆《あき》れたような声で、美羽《みう》は言う。

『一秒でも早く偽《にせ》彼氏をやめたかったタク兄は……なんか速攻でストーカー事件を解決しちゃったんだよね』

「か、解決しちゃったの!?」

『うん。あれこれ調べてストーキングの証拠を相手に突きつけて、でも単に追い詰めるだけじゃなくて向こうの話もちゃんと聞いてあげて……そして全てをいい感じに丸く収めたの』

「なにその有能すぎる動き……」

自慢話になると思ったからなのか、タッくんはその部分についてはあまり詳しく話してくれなかった。まさか、そんな格好いいことをしてたなんて。

クラスメイトの女子のストーカー事件を解決って。

なにそれ。

完全に漫画の主人公じゃない。

私の知らないところで、そんなイケメンムーブしてたの？

『タク兄ってほんと……実はハイスペックなんだよね。頭いいし運動できるし、見た目も悪くないし、なんだかんだお人好《ひとよ》しで情に厚いし……。ママにさえ惚《ほ》れてなかったら、もっと普通にモテモテで、ハーレムラブコメの主人公みたいになってたかもしれない』

「……や、やめてよ、そんな言い方」

私が悪女みたいじゃない。本来ハーレムルートを歩むはずだった主人公を、変な横道に誘い込んだみたいじゃない。

友達のお母さんルート。

……絶対、外伝のファンディスクよね、それ。

『それでまあ、ストーカーの件は一段落したんだけど……でも、その後も一悶着《ひともんちゃく》あって』

「…………」

『有紗《ありさ》さんの方が――タク兄のこと好きになっちゃったんだよね』

その辺りの話は、昨日聞いている。

タッくんは、ちゃんと包み隠さず話してくれた。

『彼氏役の男が有紗《ありさ》さんに惚《ほ》れないようにと思ってタク兄を指名したのに、まさか有紗《ありさ》さんの方がタク兄に惚《ほ》れちゃうなんてさ……。さすがの私も完全に予想外でしたよ』

無理もない、と思ってしまう。

当時の彼女からしたら、タッくんはきっとヒーローに見えたことだろう。

惚《ほ》れてしまっても無理はない。

『もちろんタク兄はすぐ断ったらしいよ。それで——この一件は終わり。まあ、私はあくまで、有紗《ありさ》さんの妹から話を聞いただけなんだけどさ』

一呼吸置いて、美羽《みう》は続ける。

『ほんと、それだけだから。なにも気にすることないよ』

「…………」

『タク兄が黙ってたのだって、別になにか後ろめたいことがあったわけじゃないと思うよ？　ママが聞いてて面白い話じゃないと思ったから、黙ってただけだろうし。他の女からコクられた話なんてさ』

「……わかってるわよ」

タッくんを責めるつもりなんてない。

なにも悪いことはしていない——どころか、思いの外ヒーロー的な行動をしていた。過去に告白された程度で嫉妬するのはおかしいし……仮に、もし仮にタッくんに昔本当に彼女がいたところで、何年も前の元カノを気にする方がおかしな話だろう。

でも——

「……で、でも、やっぱりどうしても、モヤモヤする部分があって……。あんなに若くてかわいい子が昔タッくんに告白してて……そんな子と今、一緒にインターンで働いてるなんて」

元カノと職場でばったり再会。

なんか……トレンディなドラマでありそうなシチュエーション。

どうしよう。

焼けぼっくいに火がついちゃったらどうしよう。

「も、もしもあの子にまだ未練があって、インターン中にタッくんにアプローチしかけたりしてたら……！」

『ママがそういう無意味な心配しそうだから、タク兄は黙ってたんだろうね』

「……うぐっ」

急所を抉《えぐ》られ呻《うめ》く私に、美羽《みう》は淡々と続ける。

『心配しすぎ。万が一有紗《ありさ》さんがそんなことしてきたとしても、タク兄が靡《なび》くわけないじゃん。昨日だって、ちゃんとママのこと紹介したんじゃないの？』

「そ、それは……」

『うん？』

「その……タ、タッくんはちゃんと紹介しようとしたのよ？　だけど――」

言いつつ、私は昨日のことを思い返す。


昨夜。

「――まあ、いわゆる『元カノ』みたいな感じです」

有紗《ありさ》さんがこんなことを言って、私の頭が真っ白になった直後――

「お、おい、有紗《ありさ》っ」

タッくんは慌てた様子で彼女を制した。

「なに言ってんだよ……。元カノじゃないだろ」

「あはは。別にいいじゃん、似たようなもんだし」

「よくない。全然違う……」

困ったような苛立《いらだ》ったような顔で言うタッくん。

それから、不安そうな目で私の方を見る。

「綾子《あやこ》さん……有紗《ありさ》は高校のときの友達で、今、インターンで一緒に働いてて……とりあえず、元カノではないです。あとでちゃんと説明します」

しどろもどろになりつつも、元カノだけはしっかり否定するタッくん。しかし私の酔っ払った頭は、話にまるでついていけてなかった。

「ねえ、巧《たくみ》くん。ところでその人は？」

有紗《ありさ》さんが、私の方を見て尋ねてきた。

本当に不思議そうな顔で放たれた、実に素朴な疑問だった。

私達の関係性を、まるで想像できていないような。

恋人だなんて、微塵《みじん》も考えていないような。

「この人は――」

タッくんが真面目な顔して口を開く。

なにを言おうとしてるかはわかった。

きっと私のことを紹介しようとしているのだろう。

恋人だと、彼女だと、今真剣に交際している、と。

それがわかった瞬間、私は――

「――し、親戚のおばさんよね！」

どうしてか、そんな言葉を発してしまった。

「私はタッくんの……母方の方の親戚でね。インターンで東京に来ている間は、うちで預かってるの」

「え……、あ、綾子《あやこ》さん……？」

「ああ、そうなんですね。はじめまして。よろしくお願いします」

咄嗟《とっさ》の嘘《うそ》を、有紗《ありさ》さんはなんの疑いもなく信じたようだった。

「今日はちょっと職場の人と飲んでてね。ちょっと酔っ払っちゃったから、タッくんに迎えに来てもらったの。ほんと、男の子って頼りになるわ」

「あはは。そうですよねー。巧《たくみ》くんは頼りになる男なんですよ」

「ほんとほんと。有紗《ありさ》さん、これからもタッくんと仲良くしてあげてね」

「はいはい、喜んで」

必死に親戚のおばさんを演じて、上《うわ》っ面《つら》の会話をする。

そのときのタッくんが、どんな顔をしていたかはわからない。

怖くて彼の方を向くことができなかったから。

『……うわ、なにそれ』

美羽《みう》は心の底から呆《あき》れ果《は》てたような声で言った。

『なんでそんな嘘《うそ》ついたの？』

「……じ、自分でもわかんない。ただ……なんだか、無性に恥ずかしかったの。あの場で、タックんの彼女を名乗ることが」

軽くパニックだったのだと思う。

ただでさえ酔っていて思考力が鈍っていたのに、そこに『元カノ』なんていうとんでもない情報が入ってきてしまったから。

偽《にせ》彼氏作戦などの詳しい説明を聞く前だったから、もしかしたら本当に元カノなのかもしれないと思ってしまって——タックんは昔この子のことが好きだったんだ、とか一瞬のうちに考えてしまって……自分でもわけがわからなくなった。

「……急に『元カノ』とか言われて、それでその子は、若くてかわいい今時の大学生で……。こっちは三十過ぎのおばさんで、会社帰りに酔っ払って迎えに来てもらってるような情けない有様《ありさま》で……。そんな状況で『今は私が彼女です』っていうのは、ちょっと……」

『ふーん。逃げたんだ』

「に、逃げたわけじゃ……」

『逃げたんだよ。女として負けてる～、とか思っちゃったんでしょ？』

畳みかけるように言われ、私はなにも言えなくなる。

確かに——逃げたんだろう。

いろんなものから逃げて、適当な嘘《うそ》で誤魔化してしまった。

不意の急襲からの、敵前逃亡。

勝てないと思ったから、戦わない道を選んだ。

こんなの勝ち負けじゃないって、頭ではわかっているのに。

『タク兄、ショックだったと思うよ』

「う……そ、そうよね」

本当に申し訳ないことをしてしまった。

付き合う前に、覚悟は決めたはずだったのに。

それなのに——元カノ程度でこんなにも動揺してしまうなんて。

情けないにもほどがある。

『もし仮に有紗《ありさ》さんが本物の元カノだったところで、ママが狼狽《うろた》える必要なんてないんだから。タク兄の今の彼女はママなんだから』

「……うん」

『ていうかまあ、そもそもタク兄に元カノとかありえないんだけどね。笑っちゃうぐらいママに一途《いちず》で、ずーっとママだけを好きでい続けた男なんだから』

苦笑気味に、そしてどこか誇らしげに美羽《みう》は言う。

『逆に言えば——タク兄から見たママは、十年惚《ほ》れ続けるぐらい魅力的な女ってことなんだよ。だからもっとママは自信持って、憮然《ぶぜん》としてればいいんだよ』

「……うん。ありがとう、美羽《みう》」

一度お礼を言ってから、

「でも、その『憮然《ぶぜん》としている』の使い方はよくある誤用よ。『毅然《きぜん》としている』と混同してる。『憮然《ぶぜん》』は『失望する・落胆する』みたいなニュアンスの言葉だから」

と注釈を加えた。

『う……そ、そういう編集者っぽいツッコミ入れないでよ！』

照れた様子で叫ぶ美羽《みう》。

決め台詞《ぜりふ》っぽいところで訂正を入れられたことが恥ずかしいらしい。私も流せばよかったんだけど、つい職業病が出てしまった。

『はあ……もう。ママ、意外と元気じゃん』

「あはは。美羽《みう》と話してたら、少し元気が出てきたわ」

元気が出てきたし——それに、思い出した。

付き合う前に決めた覚悟を。

美羽《みう》の前で示した決意を。

数週間前の、夏休み——

美羽《みう》がタッくんのことを好きだと勘違いしていた頃——それでも私は、彼と付き合いたいと願った。

たとえ娘の想《おも》い人だろうと、譲りたくはないと決意した。

結局それは思い違いだったけど――でも、あのときの覚悟は本物だったはず。

情けない。

しっかりしなきゃ。

思い出そう。

あのときの覚悟を、ちゃんと思い出して胸に刻み込もう。

そうよ。

私は、娘とだって戦おうとした女なのよ？

だったら――偽《にせ》の元カノ程度に負けるわけにはいかない。

♠

『――知らないよ、そんなこと。巧《たくみ》の好きにすればいいんじゃない？』

電話口から響くのは、かなり冷たい返答だった。

東京のマンション――

一人で簡単な昼食を食べた後、残っている家事に取りかかる前に――俺は友人の聡也《さとや》へと電話をかけた。

綾子《あやこ》さんのことを相談するためだ。藁《わら》にも縋《すが》るような思いだったのだが、返ってきたのは予想以上に辛辣な答えだった。

『知らないって……』

『僕は今、それどころじゃないんだって。レポートの再提出の期限が迫ってるんだよ……。あ

あもう、これも全部巧《たくみ》が東京なんか行っちゃうせいだよ』

大仰に嘆く聡也《さとや》。

『九月からは巧《たくみ》がいなくなるから、僕もいい加減自立して、レポートぐらい自分一人で頑張ろうと思ったら……速攻で再提出だよ。今までは巧《たくみ》と一緒の講義とって、巧《たくみ》と一緒に勉強して一緒にレポートやるだけでよかったのに！』

「それは俺のせいじゃないだろ」

責任転嫁《てんか》も甚だしい。いや、ある意味では今までずっと甘やかしてきてしまった俺の責任なのだろうか？

『とにかく僕は忙しいから、くだらないことで電話してこないで』

「く、くだらないってなんだよ。俺は真剣に……」

『くだらないよ。ていうか意味がわからない。巧《たくみ》はなにを悩んでるの？』

「だから……綾子《あやこ》さんに不快な思いをさせちゃったことだよ」

忘れられない。

昨夜──

有紗《ありさ》が俺の『元カノ』と名乗ったときの、綾子《あやこ》さんの顔を。

ああ、本当になにをやってるんだ、俺は。

こんなことなら最初から、有紗《ありさ》のことは全部伝えておけばよかった。変に迷って隠していたせいで、最悪の形でバレてしまった。

俺としては申し訳ない気持ちでいっぱいなのだが──

『どうでもいいよ、そんなこと』

聡也《さとや》は心底鬱陶しそうに、俺の悩みを一蹴する。

『巧《たくみ》はなにも悪いことしてないんだから悩む必要なんかないんだよ。偽《にせ》の元カノと偶然再会したからってなんなの？　後ろめたいことがないなら堂々としてればいいじゃないか』

「……いや、でも、俺が悪くないわけじゃないだろ。結局、俺の対応が悪かったせいで、綾子《あやこ》さんを嫌な気持ちに──」

『だからそれをやめろって言ってるの』

強い口調で言う。

『そんな風に腫れ物に触るみたいに扱ったら、綾子《あやこ》さんがかわいそうだよ』

「……っ」

『浮気《うわき》がバレたわけでもないのに、なにをオタオタしてるのさ』

心底呆《あき》れたような声が続く。

『巧《たくみ》は「万が一にも綾子《あやこ》さんを傷つけたくない」とか考えてるのかもしれないけどさ、そんな風にいちいち気を回されたら向こうだって迷惑だよ。それは優しいんじゃなくて——怖がってるだけ』

レポートの締め切りのせいで気が立ってるせいなのか、聡也《さとや》の言葉にはいつにも増して容赦がなかった。

あるいは締め切りなど関係なく——よっぽど俺が情けないせいなのかもしれない。

強い糾弾の言葉が、グサグサと胸に突き刺さる。

『……まあ、気持ちはわかるけどさ。巧《たくみ》にとって綾子《あやこ》さんは、長年想《おも》い続けてきた憧れの女性なわけだし。そんな女性とようやく付き合えたなら、相手の機嫌を損ねないように気をつけて気をつけて……お姫様に仕えるみたいに、甲斐甲斐《かいがい》しく尽くしたくなる気持ちもわかる』

でも、と続ける。

『綾子《あやこ》さんは雲の上の人じゃなくて——今は巧《たくみ》の隣にいるんでしょ？』

お城に住むお姫様じゃなくて、今は一緒の部屋に住んでるでしょ？

と。

聡也《さとや》は言った。

『片想《かたおも》い気分はそろそろ卒業しないとね』

「……そうだな」

俺は強く頷《うなず》いた。

「全部お前の言う通りだよ。くだらねえこと相談して悪かったな」

『気にしなくていいよ。まあでも……ちょっとでもお礼をしたい気持ちがあるなら、今からでもレポート手伝ってくれてもいいんだけど……？』

「さすがに取ってない講義のレポートは手伝えねえよ」

『……だよね。じゃあ、祈ってて』

「ああ。全力で祈ってる」

電話が終った後——

俺はソファに深く腰掛け、天を仰いで息を吐いた。

「……腫れ物に触るみたいに、か」

そんなつもりはなかった。

でも、傍《はた》から見ればそうだったのかもしれない。

大切にしているようで——彼女と向き合っていなかった。

綾子《あやこ》さんのことを、恋人として信頼できていなかった。

「……くそ。なにやってんだよ、俺は」

どうやら俺は、自分でも知らないまま片想《かたおも》いを引きずっていたらしい。

想《おも》ってるだけじゃ我慢できなかったから告白したのに——他の誰にも渡したくないから、自分の恋人にしたいと願い続けてきたはずなのに。

それなのに……いざ付き合えたら、おっかなびっくり、腫れ物に触るように扱うことしかできなかった。

勝手に敬って、勝手に謙《へりくだ》って。

勝手に自分を卑下して、勝手に相手の方が上だと決めつけて。

これじゃ……片想《かたおも》いしてた頃となにも変わらない。

今の彼女はもう、俺が憧れた片想《かたおも》い相手じゃない。

女神でもお姫様でもなく——肩を並べて歩かなければならない、俺の対等なパートナーとなっているのだ。

「卒業、しないとな」

卒業しよう。

十年の片想《かたおも》いから、ちゃんと脱却しよう。

♥

その日の夜——

夕食の前に、私達は話し合いの時間を設けた。

どちらから言い出したことでもなく、自然とそうなった。

「…………」「…………」

リビングのテーブルに向き合って座ったまま、しばし気まずい沈黙が続くが、

「あの」「あのね」

沈黙を破る声が、バッティングしてしまった。

「あっ、すみません。綾子《あやこ》さん、どうぞ」

「う、ううん。タッくんこそ」

譲り合いの後、また少しの沈黙を挟んでから。

「……じゃあ、俺から言います」

とタッくんが切り出し、座ったまま少し居住まいを正した。

「綾子《あやこ》さん……有紗《ありさ》のこと、黙っててすみませんでした」

しっかりと頭を下げてタッくんは言った。

「最初から全部、話してればよかったですよね……。いろいろ考えて黙ってたせいで、変な不信感を与えてしまったみたいで」

「う、ううん、いいのよ。タッくんなりの気遣いだったってことは、ちゃんとわかってるから」

「……違うんです」

痛みに耐えるような顔つきとなり、タッくんは続ける。

「確かに綾子《あやこ》さんのことを、俺なりに考えたつもりでした。でも……結局俺は、怖がってただけなんですよ」

「怖がってた……？」

「綾子《あやこ》さんに、ほんの少しでも嫌われるのが怖かった」

「…………」

「ずっと好きだった綾子《あやこ》さんとようやく付き合えて、本当に幸せで……だから、ちょっとでもネガティブなことは避けたかった。綾子《あやこ》さんの好感度を一メモリたりとも下げたくなかった。だから……ちゃんと向き合わずに逃げちゃったんです。有紗《ありさ》とも、綾子《あやこ》さんとも」

「…………」

思い返す。

この一週間の同棲《どうせい》生活を。

タッくんは——とても優しかった。

優しすぎるぐらいに優しくて、完璧だった。

慣れないはずのインターンをこなしつつ家事も炊事もやってくれて、私が仕事に集中できるようにと一生懸命サポートしてくれて。

女性なら誰もが夢見るような『理想の彼氏』だったかもしれない。

でも。

その完璧さは――もしかしたら不安の裏返しだったのかもしれない。

嫌われることを恐れる余り、過剰なぐらいの完璧さを演じてしまっていた。

「せっかく付き合えたのに……俺は、片想《かたおも》いしてるときとなにも変わってなかった。全部全部、俺がどうにかしなきゃって考えて……。でも――もう、そういうのはやめにします」

タッくんは言う。

まっすぐ私の目を見て。

「綾子《あやこ》さん。愛宕有紗《おだきありさ》は高校時代の友人です。昔、恋人役頼まれたり、告白されたり、いろいろありましたけど……俺はなんとも思ってません。俺が好きなのは、今も昔もずっと、綾子《あやこ》さんただ一人です」

いっそ清々《すがすが》しいぐらいにはっきりと、タッくんは語る。

聞いてるこっちが恥ずかしくなるような、熱い愛の言葉を。

「これからインターンではずっと有紗《ありさ》と一緒になりますけど、変な気持ちになんて一切なりません。なるはずがないんです。俺のこと、信じてください」

「……うん。わかった。信じる」

私は自然とそう言っていた。

強がりでも気遣いでもなく、心から彼の言葉を信じることができた。堂々とした彼の態度は、私に安心感を与えてくれる。

タッくんはホッとしたように笑う。

「……ほんと、最初からこう言えって話ですよね。そうすれば、こんな面倒なことにならなかったのに」

「そうね……。できれば私も、そっちの方がよかったかもしれない」

「……すみません」

「ううん。ていうか……私も人のこと言えないし」

今度は私の番ね。

と言って。

私もまた座ったまま居住まいを正す。

「ごめんなさい。有紗《ありさ》さんに、親戚のおばさんだなんて嘘《うそ》ついちゃって」

「…………」

「いきなり『元カノ』とか言われて、わけがわからなくなっちゃったんだけど……そんなの言い訳にならないわよね。私も……やっぱり、怖かったのよ。有紗《ありさ》さんみたいな、若い女の子と張り合うことが」

十も年下の、かわいらしい大学生の女の子。

タッくんと……なにかしら関係がありそうな女の子。

そんな彼女を前にして、堂々と恋人を名乗ることができなかった。

適当に誤魔化してその場を凌《しの》ごうとしてしまった。

「戦ったら勝てない、比べられたくない、って思っちゃったの……。バカよね。こんなの、勝ち負けで語ることじゃないのに」

「綾子《あやこ》さん……」

「タックんもショックだったわよね？」

「いや、俺は……」

つい反射のように私をフォローしようとするも、少しの間を空けてから、

「……そうですね」

とタックんは目を伏せて頷《うなず》いた。

「ちゃんと言って欲しかったです。ちゃんと……紹介したかったです。この人が、俺が付き合ってる女性だって」

「……うん。ごめんね。次からはもう逃げないから。誰が相手でも、きちんと胸を張って言うようにする。『私がタックんの彼女です』って」

私は言う。

きちんと前を向いて。

「もっと自信を持つようにするわ」

本当は自信なんてない。年齢は年齢だし、いい年こいて恋愛初心者だし、いつも肝心なところでポンコツになっちゃうし。

でも——そんな風に自虐に逃げるのはもうやめよう。

「こんな私だけど……でもタッくんが好きになってくれた私だもんね」

信じよう、自分じゃなくて相手のことを。

十年私を好きでいてくれた、タッくんのことを。

そうすれば——自分だって信じられるようになる。

「そうですよ」

タッくんは言う。

「俺が綾子《あやこ》さんを十年間好きでい続けられたのは……まあ、その、俺が若干ストーカー気質だったってのもなくはないと思うんですけど——でも一番は、綾子《あやこ》さんがそれだけ素敵な女性だったってことですから」

「……っ」

「綾子《あやこ》さんが本当に魅力的だったから、俺は十年も片想《かたおも》いできたんです」

ああ——

心が燃えるように熱くなり、そして満たされていく。

まったく……タッくんはいつもこうなのよね。

謙虚で自己評価が低くて、たまに不安そうになったりするけど――でも。

私への想《おも》いを語るときだけは、こっちが恥ずかしくなるぐらいに自信たっぷり。

「……もう。褒めすぎ」

「いや、褒めすぎじゃないです」

「そ、そんなこと言ったら、タッくんだってそうだからね。そんな素敵な女性である私が……好きになっちゃうぐらい格好よくて魅力的な男ってことだから」

「そ、そんなことはないですよ。そんな大した男じゃないですから」

「そんなことあるの。大したことあるの」

「……じゃあ綾子《あやこ》さんは、そんな格好いい俺が惚《ほ》れるぐらいかわいくて美しい女性ってことですからね」

「だ、だったらタッくんはそんなかわいくて美しい私がゾッコンになるぐらい、誠実で男らしい男ってことに――……っ」

「……っ」

つい前のめりになって言い合っていた私達は、同じタイミングで我に返った。

自分達がどれだけ痛々しいことをしているのか、気づいてしまった。

「なにを張り合ってるんですかね、俺ら……」

「ほんとよね……。今の、かなり気持ち悪かったかも」

「……ふふっ」

「あはは」

少しの気まずさの後に、どちらともなく笑い出す。

温かな安らぎが私達を満たしてくれるようだった。

一つ息を吐き、私は続ける。

「……お互い遠慮しすぎてたのよね、私達」

初めての交際。

いきなりの同棲《どうせい》。

お互いに遠慮し合って、勝手に不安になって。

一緒に暮らしているはずなのに、両方とも独り相撲をしていた。

「もっとちゃんと……言いたいことを言い合わないと」

必要以上に自分を卑下せず、必要以上に相手を美化せず。

等身大の二人で、向き合っていかなければならない。

三ヶ月とは言え、一緒に暮らすのだから。

もしかしたらこれから先――いつか家族になるかもしれないのだから。

恋に恋するような気持ちだけで、やっていけるはずがない――

「タッくん。同棲《どうせい》が始まってから、私のためになんでもやってくれて、すごく嬉《うれ》しいんだけど……でも、あんまり無理はしないでね」

「無理……してるつもりはなかったですけどね。俺が好きでやってたことだから。全然苦痛じゃなくて、むしろやりがいがあった感じで」

「そ、そうじゃなくて……だから、その、私は……」

恥ずかしかったけど、意を決して私は言う。

言いたいことを、ちゃんと言う。

「も、もっと私に甘えてほしいのっ！」

彼は目を丸くし、唖然《あぜん》とした。

私は恥ずかしさを堪えながら、頑張って続ける。

「タックんはズルいのよ……。そっちばっかり私のこと甘やかしてきて……。私だって……本当はもっとタックんのこと甘やかしたいのに」

もっと甘えてほしい。

もっと甘やかしてあげたい。

もっとわがままを言ってほしい。

もっともっともっともっと——私のことを求めてほしい。

「そりゃ、私に包容力がないのが悪いのかもしれないけど……で、でもそれにしたってタックんは隙がなさすぎるのよっ。脱いだ服は脱ぎっぱなしにしないし、気がついたときにお風呂《ふろ》の排水溝を掃除してるし、トイレットペーパーもすぐ補充するし……なんでそんなハイスペックイケメンなの!? ちょっとぐらいだらしないところ見せてくれたっていいでしょ！」

「……いや、えっと」

困惑気味のタッくん。無理もない。だってこっちが、ほぼ言いがかりみたいな文句を言っているのだから。

「俺だって、甘えたい気持ちはありますけど……で、でも、男があんまりベタベタと甘えたら、格好悪くないですか？」

「そ、そんなことないわよっ。むしろ女は……男が見せる不意の弱さとかに、キュンと来るっていうか。『まったくこの男は、私がいないとダメなんだから』って思いたい部分が少しあっていうか」

……いや、なにを言ってるのかしら、私？

ちょっと赤裸々に語りすぎたかもしれない。

「と、とにかく……無理に格好つけたりしないで。もっと私に甘えていいから。その方が……うん、私も嬉《うれ》しいし」

「わ、わかりました」

タッくんはぎこちなく頷《うなず》いた。

「もう少し、頑張って甘えてみるようにします」

「頑張ってすることじゃないと思うけど……」

実直な返答に、苦笑する私だった。

「えっと、でも綾子《あやこ》さんも同じですよ。無理はしないで、やってほしいことがあったらちゃんと言ってください」

「……うん、わかってる」

そして。

私は言う。

「じゃあタッくん——早速一つ、お願いしていいかしら？」

第九章
宣言と誤解

♥

翌日

日曜日の昼下がり。

私とタッくんは、駅前の喫茶店に向かった。店内の奥の方、他のお客さんからは見えづらく、会話も聞き取りづらそうな席を選んで座る。

数分後に待ち合わせ相手もやってきた。

愛宕有紗《おだきありさ》さん。

彼女は今日も、年相応の大学生らしいファッションに身を包んでいた。

私にはとてもできないような、若々しい格好。

一昨日の夜と比較すると、ずいぶんと礼儀正しく落ち着いているように見えた。

この前はやっぱり、結構酔っ払ってテンションが高くなっていたらしい。

「……えっと。ほ、ほんとですか？」

一通りの説明を受けると、有紗《ありさ》さんは驚きを露《あら》わにした。

にわかには信じられないと言った顔で、私とタッくんの顔を交互に見比べる。

「歌枕《かつらぎ》さんが……巧《たくみ》くんの、今の彼女って」

「本当よ」

私は言った。

テーブルの下で拳を握りしめて、きちんと相手を見つめる。

逃げて誤魔化したくなる気持ちを必死に抑える。『マジでこんなおばさんと付き合ってるの？』みたいな目なんか気にしない。そんなのはきっと私の被害妄想だから。

大丈夫。もう怖くない。

だって私の隣には、信頼できる恋人がいてくれるから。

「はじめまして。歌枕綾子《かつらぎあやこ》です。高校生の子供が一人いるシングルマザーで、年は今年で三ピー歳です」

嘘偽《うそ》りないプロフィールを語ると、有紗《ありさ》さんはまた少し目を剝《む》いた。

子供がいるという事実に驚いたんだと思う。

「タッくんと……巧《たくみ》くんと、真剣に交際しています」

「…………」

「この前はごめんね、嘘《うそ》ついちゃって」

「いえ……」

まだまだ驚き冷めやらぬ様子だったが、有紗《ありさ》さんは小さく首を横に振る。

「こ、こっちこそ……ごめんなさい。なんか今、すごく驚いちゃって……。驚いたりしたら、失礼ですよね……」

「ううん、いいのよ。それが普通だから」

「……親戚のおばさんっていうのは」

「嘘《うそ》。お隣さんだけど、親戚じゃないわ」

「今、一緒に住んでるっていうのは」

「それは本当。私も今、期間限定で東京で働いてるから、同じ部屋で一緒に暮らしてる」

「……そう、だったんですね」

どこか放心した様子の有紗《ありさ》さんだったけど、急に表情に罪悪感を滲《にじ》ませる。

「あ、あの、私、ごめんなさいっ。そうとは知らずに『元カノ』とか適当なこと言っちゃって……。全部、嘘《うそ》ですからっ。本当に付き合ってたわけじゃなくて……ああもう、なんであんなこと言っちゃったんだろ……？」

「だ、大丈夫よ」

本当に申し訳なさそうに言う有紗《ありさ》さんを、慌てて宥《なだ》める。

「なにも気にしなくていいわ。ちゃんと説明してもらったし」

そう言って目配せすると、タッくんはこくりと頷《うなず》いた。

それから有紗《ありさ》さんの方を向いて、小さく頭を下げる。

「ごめん。俺らのこと、綾子《あやこ》さんにはもう話しちゃってるんだ」

「……ううん、いいよ、謝らないで。元はといえば私が変なこと言ったのが悪いんだからさ。むしろ説明してくれてありがとう」

それから彼女は、まじまじと私達二人を見つめた。

「……あはは。不思議ですね。最初はびっくりしましたけど……でも、言われてみると、なんだかしっくり来る感じがします」

小さく息を吐き、穏やかに笑う。

「一昨日会ったときも、ちょっと変だなってては思ってたんです。親戚のおばさんっていうには、少し距離が近いような気がしたんで」

柔らかな微笑を浮かべたまま、

「ねえ巧《たくみ》くん、覚えてる？」

と言ってタッくんへと視線を移した。

「私の告白を断ったとき、言ってたよね？　『他に好きな人がいる』って」

「ああ」

「もしかして……それが歌枕《かつらぎ》さんだったりする？」

「……そう、なるな」

少し照れ臭そうに言うタッくん。

「俺は当時からずっと、綾子《あやこ》さんのことが好きだった」

「そっかー。あれ、本当だったんだ……」

有紗《ありさ》さんはどこかぎこちない苦笑いを見せる。

「私さ……正直、信じてなかったんだよね。ああ、なんかテンプレートな台詞《せりふ》で断られちゃったな、って思ってた。だって巧《たくみ》くん、学校じゃ全然女っ気なかったからさ。女子と話してるところもあんまり見たことなかったし。私を諦めさせるために、よくある定型文で誤魔化したんだと思ってた」

「……そんなこと思ってたのかよ」

「でも——本当だったんだね。本当に、他に好きな人がいたんだ」

朗らかな笑みを湛《たた》えて、有紗《ありさ》さんは言う。

「あはは。なんか嬉《うれ》しいな。私、適当にフラれたわけじゃなくて、ちゃんと誠実にフッてもらえたんだね。ふふっ。ちょっとだけ思い出が綺麗《きれい》になった気分」

落ち着いた、満足そうな笑みだった。

失恋の真相を知ることができて、心から喜んでいるように見える。

「……ねえ、有紗《ありさ》さん」

そんな彼女に——私は言う。

言わなければならない。

傷口に塩を塗り込むようなことだろうと、覚悟を決めて言わなければならない。

「あなたは——今でもタッくんが好きなの？」

「……え？」

有紗《ありさ》さんはきょとんと、困惑の表情を浮かべた。

「ああ、ごめんね、意地悪な質問して。やっぱり答えなくていいから。有紗《ありさ》さんがなんて答えようと——私が言いたいことは変わらないから」

「あの」

「有紗《ありさ》さん！」

彼女がなにかを言いかけるが、それよりも早く私は言う。

胸に燃えさかる想《おも》いを全力で叫ぶ。

今日、タッくんに頼んで有紗《ありさ》さんと会わせてもらった理由。

一つは、一昨日の嘘《うそ》を謝罪してちゃんと自己紹介するため。

そしてもう一つは——

「タッくんのこと、あなたには絶対に渡さないから！」

宣戦布告。

面と向かって、私の覚悟を伝えようと思った。

「あなたがなにを考えていようと、なにをしてこようと……私は絶対にタッくんと付き合い続ける。この場所は誰にも譲らない。精一杯しがみついて、踏ん張って、守り続けてみせる」

「…………」

有紗《ありさ》さんは面食らったような顔となる。

するとと隣のタッくんが慌てた様子で、

「……あの、綾子《あやこ》さん」

と口を挟もうとしてくるが、

「タッくんは黙ってて。これは女同士の問題だから」

私はピシャリとそれを制した。

もう止まらない。

覚悟を完了した私は、誰にも止められない！

「高校時代の話は聞いてるわ。タッくんは……私の知らないところでもずいぶんと格好いいことしてたみたいね。一度フラれたぐらいじゃ諦め切れない、あなたの気持ちはよくわかる。何年経《た》っても引きずってしまう気持ちも、よーくわかる」

「……あの」

「ああ、言わなくていいの。言いたいことはわかってるから。確かに私は……もう三十超えたおばさんよ？　ギリギリ昭和生まれで、高校生の子供だっていて、ちょっと体型も気になってきたようなお年頃……。一方そっちは、ピッチピチの若い大学生……。世間一般的な感覚で言えば……どう考えてもあなたの方が女として市場価値が高いと思う。十人男がいたら十人があなたを選ぶでしょう。それが正常な感覚だと思う。私だって、もし自分が男なら、こんな子持ちのおばさんより、若い大学生と付き合いたいって思うでしょうね」

「……えっと」

「でもっ、それでもタッくんは私がいいって言ってくれたの！」

情熱のままに愛を叫ぶ。

激情のままに愛を訴える。

無限に湧き上がる愛のパワーが、無敵の原動力となって私を突き動かす！

「あなたがどんな熱烈なアプローチを仕掛けてきても、タッくんは絶対に揺るがないはず。そう私は信じてる。もし万が一、億が一、少しだけ揺らぐようなことがあったとしても、そのときは……わ、私がもっとすごい誘惑をしてタッくんを取り戻してみせるから！」

戦おう。

恋愛は付き合って終わりじゃない。

付き合ってからも、物語は続いていく。

そしてその物語は——努力して維持しなければならない。

彼氏であり続ける努力を、彼女であり続ける努力を。

人生を共に歩くパートナーであり続ける努力を。

最愛の人と結ばれた奇跡を、当たり前だと思って安心してはいけない。

「私はタッくんの彼女で、これからもずっと、タッくんと一緒に生きていきたい。だから……

あなたには絶対に負けない！」

私は言った。

言いたいことを全部言い切った。

奇襲のつもりで、全力全開の宣戦布告をかました。

きっとこれが、私と彼女とタッくんの、三角関係の序章なのだろう。

名付けるなら『偽元《にせ》カノ激闘編』とか？

今カノと偽元《にせ》カノが一人の男を奪い合う、ドロドロの三角関係。

たとえどれだけドロドロしようと、私は絶対に負けない。

泥まみれになってでも全力で戦って、タッくんの彼女であり続けてみせる……！

今カノである私の宣戦を受け、有紗《ありさ》さんもまた、瞳の中でメラメラと恋の炎を燃やす——の
かと思いきや。

「……あ、あはは」

彼女は困った顔で、引《ひ》き攣《つ》った笑みを浮かべていた。

一方タッくんはというと……片手を額に当てて顔を伏せている。頬は真っ赤に染まっていて、

なんだかとても恥ずかしそう。

あ、あれ……?

なにかしら、この変な空気?

なんか……盛大にスベったみたいな感じになってるんだけど……。

「えっと」

やがて有紗《ありさ》さんが口を開く。

すっごく言いにくそうに。

「私……今、彼氏いるんですけど」


「——そうですね、はい。大学の新歓コンパで一緒になった先輩と、流れでそのまま付き合っちゃった感じで……。もう二年ぐらいの付き合いになるかな」

「一昨日も彼氏と一緒に飲んでたんですよ。お二人と会ったのは、ちょうど彼氏がトイレに行ってたタイミングで」

「喧嘩《けんか》するときもありますけど……まあ、仲良くやってますね。向こうはもう働いてるんで、私達もそろそろ同棲《どうせい》しようかなんて話は出てて」

「だから……巧《たくみ》くんのこと、今更どうこうっていう気持ちは、別に……」

「……も、もちろん巧《たくみ》くんのこと、当時は本当に好きでしたよ？　助けてもらったから格好よく見えて……。フラれたのもショックでしたし……。でもそれは、ほんと昔の話っていうか……。さすがに何年も引きずったりはしてなくて」

「えっと……私はもう、巧《たくみ》くんのことはなんとも思ってないので、どうか安心してください。本当に、本当にただ、昔好きだった男子ってだけなんで」

一通りのことを丁寧に説明し終えると、有紗《ありさ》さんは喫茶店から去って行った。

せめてもの気持ちとして、飲み物代は私が払った。

払わずにはいられなかった。

急に呼び出してしまったことと……くだらない茶番に巻き込んだ迷惑料として。

「「……………」」

残された私達はとんでもない空気に包まれていた。

私はもう、両手で顔を覆って俯《うつむ》くことしかできなかった。

やがて気まずい沈黙に耐えかねたように、

「な、なんていうのか」

とタッくんが口を開く。

「俺がフラれたみたいになっちゃいましたね」

「………」

「俺、明日からまた有紗《ありさ》とインターンで一緒なんですけど……どんな顔して会えばいいんでしょうか？」

「……ごめんっ！　本当にごめん！」

うわぁああっ、恥ずかしいっ！

なにやっちゃったの、私!?

完全に気合いが空回りした！

覚悟が無駄な暴走を見せちゃった！

恥ずかしすぎる！　穴があったら入りたい！

「綾子《あやこ》さん、早とちりにもほどがありますって」

「だ、だって……てっきり有紗《ありさ》さんは、タッくんに未練があるものだとばかり」

まあ、それが完全なる早とちりだったんだけど。

どうやら有紗《ありさ》さんは、タッくんのことなんてとっくに吹っ切っていたらしい。

今の彼氏と仲良くやっていて……私達の関係に入り込む気なんて全くなさそう。

三角関係なんてまるで発生しない。

『偽《にせ》元カノ激闘編』は、企画倒れで終わってしまった模様。

「ていうか……タッくん、知ってたの？　有紗《ありさ》さんに彼氏がいるってこと」

「まあ、インターン初日に聞いたんで」

「どうして教えてくれなかったの⁉」

「わ、わざわざ言うことでもないかと思って……。最初は有紗《ありさ》のこと話してませんでしたし、昨日今日は他の話で手一杯で……」

別に悪気があって黙っていたわけではないらしい。

それはわかってる。

わかってるけど……でも、言ってよぉ……！

彼氏のいるいないで、こっちのメンタルは全然変わってくるんだから！

やっぱりタッくんって……すごく誠実だけど微妙にズレてる。

絶妙に女心をわかってないところがある……！

「……うう、恥ずかしい。死ぬほど恥ずかしい。有紗《ありさ》さん、明らかに引いてたもん。『このおばさん、ヤベぇ』って思ってるわよ、絶対」

ほんと、なにやってるのかしら？

ライバルでもなんでもない相手に向かって、勝手にライバル視して敵愾心《てきがいしん》を燃やして、そして宣戦布告しちゃうなんて。

申し訳ない。

有紗《ありさ》さんにもタッくんにも、なんかもう世界全土に申し訳ない……！

「げ、元気出してくださいよ」

致死量の恥辱に苛《さいな》まれる私が見てられなかったのか、タッくんが励ましてくれる。

「その、恥ずかしかったけど……でも、嬉《うれ》しかったですよ。綾子《あやこ》さんが、あんなにはっきりと、俺の彼女だって宣言してくれて」

「タッくん……」

「まあ、今後は控えてほしいですけど」

「……うん。ごめん。もう絶対にしないから」

再度謝ると、タッくんはくすくすと笑った。

ようやく顔の火照《ほて》りも収まってきて、残っていた飲み物に口をつけると、

「でも……ちょっとだけ残念だったかもしれないですね」

小さく息を吐きながら、タッくんが言った。

「残念って、なにが？」

「有紗《ありさ》が俺のこと好きじゃなくて」

「……え？」

「まだ俺のことが好きで、綾子《あやこ》さんから俺を奪おうとしてきたら……そっちの方がよかったかもしれない」

「え、ええー……」

嘘《うそ》でしょ。

そんなこと言うなんて……まさかタッくん、有紗《ありさ》さんのこと——

「だって」

不安が加速する私に、彼は少し意地悪な顔で言う。

「そのときは、綾子《あやこ》さんがすごい誘惑をしてくれたんですよね？」

「…………」

呆気《あっけ》に取《と》られてしまう。

少し遅れて……自分がからかわれたのだと気づいた。

「すごい誘惑をしてくる綾子《あやこ》さんは、見てみたかったなあ」

「な、なに言ってるのよ、もうっ。やらないからね！　あれは勢いで言っただけで、言葉の綾《あや》みたいなもの！」

「そっか。残念です」

「……だいたい、誘惑するって言っても、私、そろそろバリエーションがないわよ？　もういろいろ見せちゃったし、水着にメイド服に、裸エプロンまでやっちゃって……これ以上、なにをしろっていうの」

「あとは……バニーとかですかね？」

「〜っ！　や、やらないから！　バニーの格好なんてするわけないでしょ！」

「フリですか？」

「フリじゃないわよ！　『絶対に押すな』的な意味じゃありません！」

盛大にツッコんだ後、私は深々と息を吐いた。

それからタッくんは伝票を持って席を立ち、

「じゃあ、そろそろ帰りましょうか」

と言った。

「……うん」

私は言葉を噛《か》みしめるように頷《うなず》いた。

帰ろう。

私達の家に。

私とタッくんが、今一緒に暮らしている家に——

喫茶店から出た後は、どちらともなく自然に手を繋《つな》ぐ。

「夕飯の買い物、してった方がいいですよね」

「そうしましょう。えっと……今日ってどっちが作るか決めたっけ？」

「考えたんですけど、今日は二人で一緒に作ってみませんか」

「あっ、いいわね、それ！　楽しそう！」

「じゃあ決定で。あとはなに作るかですけど……」

「だったら……餃子《ギョーザ》とかどうかしら？　前にテレビかなにかで見たことあるのよね、夫婦やカップルで作ってて楽しい料理って」

「餃子《ギョーザ》、いいですね」

「決まりね。ふふん、なに入れちゃおうかなあー」

「俺、羽根つけたいです、羽根」

「あー、いい、いい、すっごくいい。絶対つけましょうっ」

他愛もない日常的な会話をしながら、私達は東京の街を歩く。

二人で一緒に、手を繋《つな》ぎながら。

その姿が傍《はた》からどう見えるのかはわからないけれど、でも私の心は、温かく幸せなもので満たされていくようだった。

彼と一緒に生活していることを、心から実感できた。

エピローグ

♠

夜。

楽しい楽しい二人だけの餃子《ギョーザ》パーティーを終えた後――

「……ふう」

俺は一人、湯船に浸《つ》かっていた。

綾子《あやこ》さんが『私はちょっとやることがあるから』と言うので、お言葉に甘えて一番風呂《ぶろ》を堪《たん》能《のう》している。

有紗《ありさ》絡《がら》みの問題が全て綺麗《きれい》に解決して頭はスッキリ――

というわけじゃない。

むしろ、真逆。

悶々《もんもん》としている。

悶々《もんもん》と悩み、懊悩《おうのう》している。

一つの問題が解決したからこそ、ずっと目を逸《そ》らし続けてきたもう一つの問題がはっきりと浮き彫りになってきた気がする。

「……そろそろ、いいのかな？」

悩んでいるのは——なんというか……肉体関係についてだった。

そろそろ誘ってみてもいいのか。

そろそろ迫ってみてもいいのか。

そんなことを一人悶々《もんもん》と悩んでいる。

正直に話をすれば……同棲《どうせい》してからずっと悶々《もんもん》としていると言っていい。

同棲《どうせい》中に見る様々な姿の綾子《あやこ》さんは、とにかく魅力的でとにかくエロくて、男として劣情を催さずにはいられなかった。

抱きたくて抱きたくてたまらない。

愛する女性と一つになりたい。

そんな欲望を、ずっと持て余し続けてきた。

「……ああ、くそ。なんであんなこと言っちまったんだろ」

同棲《どうせい》初日の夜、俺は言った。

綾子《あやこ》さんの心の準備ができるまで待つ、と。

発言を後悔してるわけじゃない。あの夜言った言葉は嘘《うそ》じゃないし、なにより怯《おび》えたような綾子《あやこ》さんを前に、強引に迫るという選択肢はなかった。

でも。

おかげで……めちゃめちゃハードルが上がった気がする。

やっちゃったよ。

最初にあんなこと言っちゃったら……しばらくは絶対にこっちから迫れないじゃん。手を出したら『え？　あんな格好いいこと言ってたのに、結局？』ってなるじゃん。

おかげで同棲《どうせい》初日から、我慢の日々がスタートした。

風呂上《ふろあ》がりやパジャマ姿、うっかり見てしまった着替えや不意のチラ見せなど……数々の誘惑と戦ってきた。むせ返るような色香を発する極上の肉体を前にしても、煮《に》え滾《たぎ》る欲望を生唾と一緒に飲み込んできた。

その後、インターンで有紗《ありさ》と出会ってそれどころじゃなくなってしまったわけだけれど――その件が解決したならば、俺は再びこの問題と向き合わねばならない。

というか。

有紗《ありさ》との一件を経て、少し考え方を改めようと思う部分があった。

「…………」

綾子《あやこ》さんは言っていた。

無理しないでほしい、と。

もっと甘えてほしい、と。

今回は俺が変に遠慮したせいで、なにもかもが不自然に空回ってしまった気がする。相手を尊ぶ余り、必要以上に謙遜して遠慮してしまう俺の悪いクセはきちんと改めようと思った。

しかし。

そう考えると……綾子《あやこ》さんに手を出さずにいることも、俺が無理にしている遠慮の一つなのだろうか。

誰よりも大切な女性だからこそ、こういうことは大事にしたかった。

なし崩しは嫌だった。

誠実でありたかった。

その気持ちに嘘《うそ》はない。

でも……結局それも、一つの遠慮だったのだろうか。

彼女を思いやってるようで、単なる自己満足でしかなかったのだろうか。

もしかしたら綾子《あやこ》さんの方も、本当は今すぐにでも結ばれたいと考えて——

「いや、それはない。それはない……よな？」

まさか綾子《あやこ》さんがそんな……いやでも、女性にだって性欲はあるっていうし、俗に女性の性欲は三十代から本番とか聞くし。

そういえば今日……餃子《ギョーザ》にニンニク入れなかったんだよな。

綾子《あやこ》さんがいらないっていうから。

まさか、今日これから……そういうことがあるかもしれないと期待して口臭ケアを意識していたからでは——

「……あー、わっかんねえ」

わからん。まったくわからん。この手の女心を理解するには恋愛経験がなさすぎる。童貞を貫き通してきた男には難解すぎる問題だ。

悶々《もんもん》とした思考が袋小路《ふくろこうじ》に陥ってしまった俺は、ひとまず湯船を出る。これ以上入っていたらのぼせてしまいそうだ。

椅子に腰掛け、体を洗い始める——そのときだった。

ばたん、と。

風呂《ふろ》の折れ戸の向こう、洗面所の扉が開いて閉まる音がした。振り返ると、磨《す》りガラスの向こうにぼんやりと、綾子《あやこ》さんのシルエットが見えた。

洗面所に入ってきたらしい。

なにか取りに来たのだろうか。

しかし綾子《あやこ》さんは、しばらくその場から動かなかった。

どうかしたのかと思って眺めていると、やがてもぞもぞと動き始めた。シルエットだけではなにをしているかまではわからない。

あんまり見つめていても失礼だと思い、俺は前に向き直ってシャンプーへと手を伸ばす。最初は頭から洗う派なのだ。

「タ、タッくん……」

シャンプーをプッシュする直前のタイミングで、磨《す》りガラスの向こうから綾子《あやこ》さんが声をかけてきた。

「なんですか？」

問い返す俺に、彼女は言う。

緊張と羞恥が滲《にじ》む上擦った声で、しかしはっきりとした声で。

「い、一緒に入ってもいい？」

意味がわからなかった。

聞き間違いかと思った。

だって——綾子《あやこ》さんがそんなことを言うはずがない。

一緒に入ってもいい、なんて。

そんな夢みたいなことを言ってくるわけがない。

「え？　え、ええ？　あの、今、な、なんて……」

「……入るわね」

こちらの返答も待たずに、綾子《あやこ》さんは言った。

がらり、と今度は風呂《ふろ》場の折れ戸が開く。

そして俺は、息を呑《の》んだ。

「――っ」

綾子《あやこ》さんは、服を脱いでいた。

と言っても全裸というわけじゃない。

体にバスタオルを巻くことで、秘部はきちんと隠している。

でも、彼女の艶《なま》めかしい肉体は、薄い布一枚で隠した程度では破壊力を失わない。豊満な胸部はバスタオルを巻かれてもなお巨大で、むしろかえって深い谷間が強調される。くびれた腰と突き出た尻は官能的なカーブを描き、タオルの下からは真っ白な太ももが伸びる。

「ちょっ……な、なにしてるんですか、綾子《あやこ》さん……！」

叫びながら、俺は慌てて、椅子に座ったまま彼女に背を向けた。

バスタオル一枚で覆った肉体をいつまでも凝視していてはまずいと思ったし――なにより今、俺自身が全裸だ。体の前面だけは見せるわけにはいかない。

しかし、すぐに気づく。

ここは風呂《ふろ》場で、正面には鏡があった。

湯気で少々見づらくなっているが、それでも彼女の顔はしっかり見えた。

「せ、背中を流してあげようかと思って」

「背中……」

「バニーは急には無理だけど、このサービスはまだやってなかったでしょ？」

そう言う彼女の顔は、鏡越しでもはっきりとわかるぐらい、真っ赤に染まっていた。必死に平静を装《よそお》っているようだが、どれだけの羞恥を押し殺して今この場に立っているのだろうか。

とても恥ずかしい思いをしているのだと思う。

でも——緊張に潤む瞳の奥には、強い光が見えた。

腹を括《くく》ったような、覚悟の光が——

「……もう、逃げないわ」

綾子《あやこ》さんは言う。

「逃げないし、遠慮もしない。やりたいこと、やってほしいことは、『察して』じゃなくてちゃんと言うようにする。ハードルが高いことでも……どうにかしてみせる」

一人呟《つぶや》いた後、彼女はゆっくりと近づいてきた。

椅子に座った俺の、すぐ後ろに腰を下ろす。

「タッくん」

耳元で囁《ささや》かれ、ゾクリと背筋が震える。

その声は緊張で強《こわ》ばりながら、しかし冗談みたいな艶《つや》っぽさを帯びていた。

「——心の準備なら、私、できてるわよ」

脳が溶けるかと思った。心臓が爆《は》ぜるかと思った。

『心の準備ができるまで、なにもしません』

そんな俺の、優しさと臆病をはき違えたような自分本位な宣言に、彼女は今、しっかりと答えてくれた。

恥ずかしさを押し殺して、はっきりと気持ちを言葉にしてくれた。

呆然《ぼうぜん》とする俺の後ろで、彼女はボディーソープに手を伸ばし、数回プッシュしてから泡立て始める。

俺達の長い夜が始まった。

あとがき

同棲。一緒に住むこと。違う環境、違う常識で生きてきた二人が一緒に生活することはなかなか大変だと思います。自分一人で生活しているわけではないから、相手を思いやり、相手の価値観や常識に合わせていくことが大切です。しかし——相手に合わせすぎることも、それはそれでよくないのでしょう。『自分はなんでもいいから、そっちに合わせる』。こればっかりでは相手も辛いはず。相手を思いやってるようで、実際は責任を丸投げしてるのと変わらない。全部相手に合わせるというのは、全部一人で決めるのと同じぐらい独りよがりなことかもしれません。カップルにも夫婦にも正解の形なんてものはないんですから、きちんとお互いの意見を言い合って、擂り合わせていくのが一番大事なんでしょうね。

そんなこんなで望公太《のぞみこうた》です。

お隣のママと純愛する年の差ラブコメ第五弾。

以下ネタバレ多数。

ようやく二人の交際が始まったのに、いきなりの遠距離編——ではなくラブラブ同棲編スタートの第五巻でした。元カノ（偽）が登場して引っかき回すのかと思いきや、彼女はなにもせず二人が勝手に空回りするという、この作品らしい話だったかなと思います。一応、次巻で同棲編は終わって地元に帰る予定。なお、前巻の後書きでも書きましたが……アニメ周りの話はだいぶファンタジー入ってますので悪しからず。

そして、エピローグの展開からもわかるように……次巻はいよいよです。二十歳《はたち》超えた二人が同棲編を始めた以上、このテーマは絶対に避けられない。どうなるかわかりませんが、電撃《でんげき》文庫《ぶんこ》編集部《へんしゅうぶ》のギリギリを攻めたいと思います。

唐突な告知。この五巻とほぼ同じタイミングで、コミカライズの第一巻も発売します！　原作の内容を描きつつ、漫画ならでは魅力に溢れた素晴らしい作品となっております。僕の書き下ろし短編も載ってますので、どうぞよろしくお願いします！

以下謝辞。

宮崎《みやざき》様。今回もお世話になりました。GW進行は大変ですね……。ぎうにう様。今回も素晴らしいイラストをありがとうございます。全部最高でしたが、彼シャツママが特に最高だったと思います。

そしてこの本を手に取ってくださった読者の皆様に最大級の感謝を。

それでは、縁があったら次巻で会いましょう。

望公太《のぞみこうた》

娘じゃなくて私《ママ》が好きなの!?

5巻です。
ドキドキ♡同棲編スタートです。

いつもの

『次はどうなって
しまうんですか！？』

は、既に折返部分で
書きましたので

今回の後書きは、
お留守番の
美羽ちゃんに
フォーカス。

美羽ちゃん、
家でおばあちゃんに
だらだらと甘えながら
アイスを食べていたり
ママのいない夏を
それはそれで満喫していると
いいなぁと思っております。

イラストは担当さん案の
友達とお出かけ食べ歩き三昧
ボーイッシュ私服美羽ちゃん。
結構おしゃれでありつつ
シンプルめな服が好きそうですが
何を着せても似合いそうです。

カラーで着飾ったイラストも
いつか描きたいですね。

●望 公太著作リスト

「娘じゃなくて私《ママ》が好きなの!?」（電撃文庫）
「娘じゃなくて私《ママ》が好きなの!?②」（同）
「娘じゃなくて私《ママ》が好きなの!?③」（同）
「娘じゃなくて私《ママ》が好きなの!?④」（同）
「娘じゃなくて私《ママ》が好きなの!?⑤」（同）

本書に対するご意見、ご感想をお寄せください。

ファンレターあて先
〒102-8177　東京都千代田区富士見2-13-3
電撃文庫編集部
「望 公太先生」係
「ぎうにう先生」係

本書は書き下ろしです。